LE SONGE D'ABD-EL-KADER

ou

ISLY, MOGADOR ET TANGER.

Abd-el-Kader.

LE SONGE

D'ABD-EL-KADER

OU

Isly, Mogador et Tanger,

POÈME EN 6 CHANTS et précédé du Portrait D'ABD—EL—KADER,

Suivi d'une Ballade.

Par Henri Jacob.

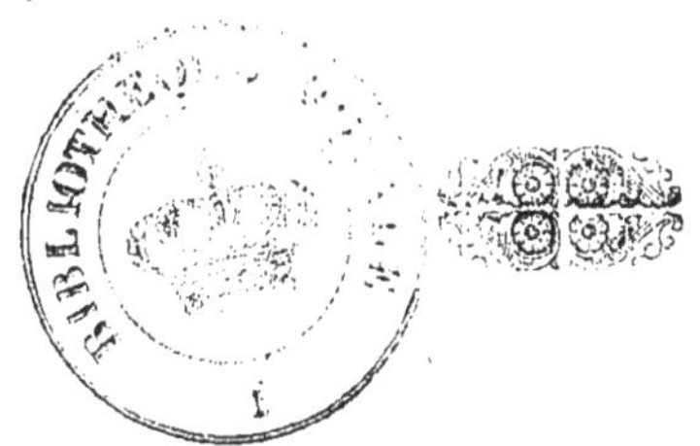

GAFFNEY, IMPRIMEUR, GRANDE-RUE, A INGOUVILLE.

1844.

1845

Mais, nous dira-t-on : Pourquoi donc écrire en vers une histoire si bien faite pour subir les mille transformations de la prose ?...

A cela , nous répondrons que la poésie nous semble faite à l'image de Napoléon qui élève et agrandit tout ce qui l'environne.

N'importe ! parce qu'un Romain célèbre a dit : « Les Dieux s'en vont ! » nos spirituels Athéniens de Paris ont crié : « La poésie s'en va ! » Mais, ce n'est, par bonheur, qu'une fausse alarme. En effet , au milieu des fluctuations de la Bourse et des variations de nos girouettes politiques , la France ne trouve-t-elle pas toujours quelques heures pour prêter l'oreille aux chants patriotiques de ses Pindare et de ses Tyrtée ? Béranger, Casimir Delavigne , Victor Hugo , de Lamartine et tant d'autres illustres héritiers de la lyre d'Ossian, nous prouvent assez que la poésie est un bon ange envoyé, par Dieu, pour consoler les hommes, et qui ne remontera dans les cieux qu'après la chûte du monde et l'extinction des siècles !!! Pourquoi donc renier ce qu'ont adoré nos pères ?

Pourquoi charger d'anathêmes la muse qui nous apprit à bégayer le doux nom de la patrie, cette nourrice bien-aimée qui nous berça , tant de fois , en chantant les exploits de nos ancêtres ? Sans la poésie , quel est celui qui pourrait se flatter de connaître les héros du sublime Homère ? Si Virgile ne l'avait fait trôner au temple de mémoire, convenez qu'Auguste lui-même , serait moins grand !

Or, corriger les mœurs avec Molière, flétrir le vice avec Boileau, écrire , avec Racine, l'histoire du cœur et des passions; à l'exemple de la chevalerie , célébrer son Dieu, sa Dame et son Roi; telle est la mission du poète, tel est le sacerdoce qui peut avoir des martyrs, mais que les persécutions ne sauraient jamais abattre. Vous savez si les verroux de Sainte-Pélagie ont étouffé la voix de Béranger ?... Et puis, sans parler des Grecs, ni des Romains, nos modèles et nos maîtres, les Gaulois écoutaient leurs Bardes, aussi bien que leurs Druides. Demandez-le à l'ombre de cette Rome que brûla Brennus.

On raconte aussi, qu'avant la glorieuse bataille d'Hastings, qui livra l'Angleterre au conquérant Guillaume, un chevalier normand,

Or donc, le patriotisme, seul, nous a paru devoir remplir le noble office de la Muse inspirée qui sème des fleurs dans le vaste champ de la poésie. Aussi, n'avons-nous pas pris les ailes d'Icare! Il ne fallait pas non plus ramper : donner à la muse un vol facile et modéré, telle était notre tâche; et nous l'avons scrupuleusement suivie. Sans doute que l'auteur paraîtra souvent dans une sphère moins élevée que son sujet; mais, n'est-ce pas la faute du sublime génie de la France, qui fait ses héros si grands qu'on ne saurait atteindre même à leur ceinture, plus élevée que celle du fameux colosse de Rhodes?

Cependant, l'Afrique et sa nature à part, la théorie-pratique de l'illustre maréchal Bugeaud, l'énergie du vaillant prince de Joinville, le grand nom d'Abd-el-Kader et sa poétique histoire, sans parler des trois glorieux épisodes de l'immortelle épopée que notre armée et notre marine viennent de graver sur les bords de l'Isly, sur les murailles de Tanger, et sur la grosse tour de Mogador, voilà les causes premières et de notre inspiration et de notre œuvre. Quant à la dramatique histoire qui forme l'âme du poême, elle est en grande partie racontée telle qu'elle nous est parvenue : quelques noms seuls y sont changés. A peine y peut-on compter deux ou trois personnages de notre invention. D'ailleurs, le lecteur éclairé démêlera, facilement, la sévérité de l'histoire, des poétiques inventions de la fable. Et comme, chez-nous, le moraliste marche toujours avec le poète, Abd-el-Kader n'y verra tourner qu'à sa honte ses intrigues passionnées : inévitable vengeur de l'homme de bien, le remords tourmentera, de son puissant aiguillon, le cœur du fils d'Abderrhaman.

Si notre plume esquisse parfois, à grands traits, le génie malfaisant de nos faux amis d'Outre-Mer, c'est que nous ne sommes pas de ceux qui croient aveuglément à une alliance durable entre la France et l'Angleterre. Egoïsme et perfidie, voilà, selon nous, les deux funestes ressorts qui feront toujours mouvoir l'âme des oppresseurs de l'Irlande. Et, comme nous n'avons été, que trop souvent, les dupes de notre loyauté chevaleresque, ne devons-nous pas, enfin, songer à nous tenir sur nos gardes?....

CHANT 1er.

ABD-EL-KADER.

Entendez-vous rugir le tigre britannique?
Aiguillonnant ses flancs qu'il frappe à coups pressés,
Il aiguise, en courroux, ses ongles émoussés,
Et ses regards sanglans se tournent vers l'Afrique.
Veut-il sauver l'Isly, Mogador et Tanger ?
Au retour du soleil d'Austerlitz et d'Arcole,
Il tremble, il tremble encor, sur son vieux capitole,
Car il sait ce qu'ont fait les conquérans d'Alger.

Eh quoi ! nous ne pouvions ni venger nos injures,
Ni parler , ni marcher , sans l'ordre d'Albion ?...
Quoi ! Guizot nous vantait ce peuple de parjures ?
Que tous deux prennent garde au réveil du lion ! ! !
L'Océan du pouvoir est comme la Mer-Morte ;
Ce qu'apporte un grand flot , un autre flot l'emporte ;
Et le peuple qui voit d'odieux mandarins ,
Se hâte de briser ces roseaux souverains.
— Le trône universel , le sceptre de la terre ,
Voilà donc ton beau rêve, orgueilleuse Angleterre ? —
Juste ciel ! et c'est là le perfide allié
Qui nous offre sa main en signe d'amitié !
Mais , entre les enfans des preux de Charlemagne,
Et les fiers Witikins de la Grande-Bretâgne ,
S'élève une barrière et de haine et de sang.
— « Détestables ventrus , votre or est plus funeste
» Que la foudre de Mars, la famine et la peste :
» Votre cœur est de boue et vos mains sont d'argent...
» Oh ! nous ne craignons pas le démon des batailles !
» Le soleil de la France est loin de son déclin :
» A défaut de Dunois , de Jeanne et de Xaintrailles ,
» Allez , nous saurons bien trouver un Duguesclin ! ! !
» Le glaive de Brennus , jeté dans la balance ,
» Pour nous , plus d'une fois fit pencher le destin ;
» Et , nouvel Alexandre , on vit souvent la France
» Trancher la politique et son nœud gordien...

» A vous la félonie et son trafic infâme ;
» A nous la loyauté ! Dieu merci ! *chers* Anglais,
» Nul ne peut oublier que le bras d'une femme ,
» Des Routiers de Talbot purgea le sol français.
» Arrière donc , Judas de la diplomatie ;
» Nous ne pouvons aimer des traîtres inhumains : —
» Le sang de l'Empereur contre vos bourreaux, crie :
» Arrière ! il tache encore et vos fronts et vos mains ! ! !

« Mais toi dont le nectar et la douce ambroisie
» Font germer, dans les cœurs, des fleurs de poésie,
» Muse, dont les beaux vers, sur l'abîme du Temps,
» Surnagent, radieux comme un jour de printemps ;
» Toi qui berças Racine, Hugo, Corneille, Homère,
» Fais couler dans mon sein les flots de ta lumière :
» Qu'aux récits des exploits de nos braves aïeux,
» Les orgueilleux rivaux de ma belle patrie
» Pâlissent de courroux comme de jalousie !
» Et toi, jeune déesse, auguste Liberté,
» Qui conduisis la Grèce à l'immortalité ;
» Abaisse donc sur moi ton égide divine ;
» Que ton souffle inspiré soulève ma poitrine ;
» Que mes vers durent plus que l'orgueil de Memphis,
» Car, je chante la France et ses immortels fils ;
» Je chante les enfans du célèbre Guillaume

» Qui des Anglais-Saxons a conquis le royaume.
» Albion cache, en vain, sa honte à l'univers ;
» Ses bras ont conservé l'empreinte de nos fers.
» Qu'à ses Pritchards, encore, elle se prostitue ;
» Que de sa coupe d'or débordent ses excès ;
» Nous ne souffrirons pas qu'à boire sa ciguë
» Elle ose condamner les Socrates français ! ! ! »

Un soir que, descendu de son char de lumière,
Le soleil dételait ses coursiers au frein d'or,
Un vieux chef polonais, venu de Mogador,
Visitait de Paris la ville hospitalière.
On dit qu'en admirant les chefs-d'œuvre des arts
Dont la France embellit la Rome occidentale,
Il se croyait encore aux beaux jours des Césars :
Fier d'y trouver la Gloire, immortelle Vestale,
Fille de Charlemagne et de Napoléon,
Il s'arrêtait, tantôt devant le Panthéon,
Et, tantôt, au milieu de la place Vendôme
Dont l'Éternel, lui seul, fit le sublime dôme...
Tout-à-coup, la Colonne au front victorieux
Déroula, devant lui, ses glorieux spirales ;
Alors, en contemplant nos œuvres triomphales,
Ce vieux guerrier sentit des larmes dans ses yeux.
Il pleurait ; il pleurait sur la France flétrie

Sous le fouet orgueilleux des Cosaques du Don ;
Peut-être pensait-il encore à sa patrie
Que le Néron du Nord écrase du talon...
Debout, les bras croisés sur sa large poitrine,
Si vous l'aviez pu voir ouvrir son noble cœur
Aux brûlans souvenirs qui gonflaient sa narine,
Vous auriez partagé sa joie et sa douleur.

Quel front ne s'inclina devant notre Colonne,
Pour saluer les preux que le grand Empereur
Lançait, comme un torrent, dans les champs de Bellone,
Et dont le *hasard seul* a trompé la valeur ?...
En contemplant ces fruits d'héroïsme et de gloire,
Que vingt ans de triomphe ont gravés sur l'airain,
— Ces canons, pensait-il, le peuple-souverain
Les a pris à l'Europe, après mainte victoire ;
Et, pour éterniser sa lutte de géant,
Comme ses bulletins d'immortelle mémoire,
Avant qu'à Waterloo sombrât sa vieille gloire,
Dieu, de son doigt puissant, moula ce monument ! —
Pendant que dans son cœur s'agitaient ces pensées,
Le vieux Frank vit passer un gentilhomme anglais ;
Il sourit de mépris : mais, quelques Polonais
S'approchant aussitôt, leurs mains furent pressées...
Et, comme il avait vu Tanger et Mogador,

Foudroyés par le feu du moderne Tourville,
Ce guerrier, sous Kléber, vainqueur au mont Thabor,
Leur vanta les exploits du prince de Joinville.
Après avoir franchi l'escalier des géans
Qui porte l'Etranger au front de la Colonne,
Frank salua, deux fois, l'ombre du grand Cambronne,
Et puis , il s'écria, les yeux étincelans :

— « Connaissez-vous l'Afrique, et ses monstres sauvages,
Et ses vagues de sable, océan sans rivages
Dont le sein engloutit les vaisseaux du désert (1)
Où régnait, autrefois, la superbe Djésair (2) ?
Connaissez-vous ces champs aux entrailles brûlantes,
Où Dieu sème, en courroux, des flammes dévorantes,
Semence qui surgit en fougueux tourbillons ?
C'est là que le Simoun , plus craint que les lions ,
Roule comme un tonnerre et , redoutable trombe,
A l'Africain vivant creuse une horrible tombe.
Là règne Abd-el-Kader : aigle, flamme ou démon ,
Du soleil musulman c'est le dernier rayon :
Avant de s'éclipser au bout de sa carrière,
Il inonde son ciel, de gloire et de lumière !
Quand l'Afrique s'écroule et, de débris fumans,
Du Parthe et du Romain couvre les ossemens,
N'est-il pas seul debout au milieu des ruines ?

Mais, l'orgueil gonfle en vain ses puissantes narines.
— Il ne lui reste plus, ô Maroc, que ton sol ;
Et, déjà, de sa main tombe le parasol ! —
— « Sans doute, fier sultan, la couronne est divine ;
» Mais, sous ses fleurons d'or se cache mainte épine,
» Et si le trône élève en rapprochant de Dieu,
» N'est-ce pas un volcan dont le cercle de feu
» Eclatant quelquefois, comme un coup de tonnerre,
» Dévore l'orgueilleux qui dort sur son cratère ?...
» Eh bien ! retourne donc à l'ermitage heureux
» Où tu reçus la vie, où sont morts tes aïeux ;
» Rentre dans son fourreau ton sanglant cimeterre ;
» N'expose plus ton front aux foudres des combats :
» Pour donner des tombeaux à tes vaillans soldats,
» Ton royaume vaincu n'a plus assez de terre ! ! ! — »

Voilà, pourtant, le chef des troupeaux de brigands
Qui fauchent les Français, à coups de yatagans !
A l'arçon de leur selle, ainsi que des trophées,
Tels que le roi Richard (3), sans honte et sans remords,
Ils portent des chrétiens les têtes agrafées.
Lâches profanateurs des dépouilles des morts,
Sur les corps mutilés qui deviennent leur proie,
On les a vus danser, avec des cris de joie ! ! !
L'Anglais n'est qu'un geolier ; l'Arabe est un bourreau.

Tous deux, fourbes, cruels, sont l'horreur de la terre ;
Car, lorsque leurs poignards dorment dans le fourreau ,
La trahison leur trace un complot sanguinaire.
Mais , peignons l'Africain que le courroux de Dieu
Plaça , comme Satan , dans un désert de feu.
Enfant du Parthe , aux sons des tabbels , des cymbales,
S'il fuit , c'est pour lancer d'inévitables balles...
Le fier Abd-el-Kader, moderne Jugurtha ,
Fit renaître souvent ses escadrons terribles ;
Mais, on dit que Paris, avant peu le verra
Se courber en vaincu , dans ses murs invincibles !

Où sont-ils, maintenant, tous ses fiers cavaliers
Qui, d'Alger au Maroc comblaient les intervalles ?
Eh quoi ! je n'entends plus leurs tranchans étriers
Raisonner sur les flancs des agiles cavales ?
Que sont-ils devenus ? Ils raillaient nos guerriers
Dont un coup d'œil pouvait compter le petit nombre !
Ils se promettaient trop de faciles lauriers ,
Et voilà qu'ils ont , tous , disparu comme une ombre !
Tels que les Mamelucks foudroyés par Kléber ,
Ils sont morts, presque tous ! ! ! A peine Abd-el-Kader,
Malgré son grand courage et ses sermons habiles ,
Put-il se conserver deux ou trois cents Kabyles ,
Depuis que , furieux comme un lion blessé ,

Jusque dans le Maroc il fut, par nous, chassé,
Le jour que sa Smala fut prise par d'**Au**male :
Ce jour-là, maudissant son étoile fatale,
Plus sombre et plus haineux que le roi de l'Enfer,
Il fuyait au milieu des gouffres du désert.
Son coursier bondissait de colline en colline.
Ah ! si vous l'aviez vu, sur sa large poitrine,
Pencher, en frémissant, son front humilié,
De tant de désespoir vous auriez eu pitié :
Même en le refoulant sur les bords de l'Euphrate,
Rome, Rome plaignait le fameux Mithridate.
L'Emir fuyait, suivi de quelques cavaliers.
Parfois, il se dressait sur ses longs étriers ;
Alors, de ses revers accusant le Prophète,
Vers les Giaours français l'Émir tournait la tête ;
Et son poing menaçait encore les vainqueurs
Qui ne lui répondaient que par des ris moqueurs.
Selon l'expression du nestor de l'armée :
Sa gloire s'en alla comme un peu de fumée !

Sous le règne d'Hussein, avant que, dans Alger,
Nos bras eussent planté le drapeau tricolore,
Abd-el-Kader raillé par Zora, le chef Maure,
Conçut l'affreux projet, dit-on, de s'en venger.
Il sut masquer, long-temps, sa colère et sa haine :

Mais son courroux , semblable au lion endormi,
Avait juré la mort de son brave ennemi.
Quinze ans plus tard, l'hymen, à la cour Marocaine,
Couronna tous les vœux de l'amoureux Zora :
Emporté par l'ardeur de son humeur jalouse ,
Ce chef, à Mogador, conduisit son épouse.
Il y vivait heureux dans les bras de Mira,
Quand du Maroc l'Emir devint l'hôte et l'idole.
Dès lors, avec plaisir, au fils de l'Empereur,
L'ardent Abd-el-Kader, réveillant sa fureur,
Fit adorer Mira, plus légère qu'Eole.
Au fougueux Mohammet, l'Émir disait, un jour :
« — La femme de Zora se doit à votre amour .
» Si vous êtes, Seigneur, aussi galant que brave,
» Enlevez-la ; ce n'est, après tout, qu'une esclave ! » —
Le conseil fut suivi. Voila comment l'Emir
Fit naître des malheurs dont le cœur doit frémir.

Ne vous a-t-on pas dit que, joyeux ou funestes,
Les songes, bien souvent, sont des avis célestes ?
Or, si j'en crois un bruit venu de Mitidja,
Voici ce qu'un beau jour Abd-el-Kader songea :
— Aux bords d'une oasis qu'arrose une onde pure,
Comme l'ardent Tancrède après un grand combat,
Étendu sur les fleurs, avec son califat,

Il goûtait le sommeil, libre de son armure.
Son damas recourbé comme un large croissant,
Son yatagan plus craint que le tromblon d'Hassant,
Son chapelet toujours si puissant sur la foule,
Son coursier qui paissait tranquille, à ses côtés,
Son parasol, appui du trône qui s'écroule,
Et ses longs pistolets si bien damasquinés,
Fidèles compagnons des dangers de sa gloire,
Sur les fleurs, chacun d'eux, près de lui reposait :
On eût dit le sommeil du dieu de la Victoire.
Sur son front basané la terreur se jouait,
Car, tel que Damoclès sous le fil de son glaive,
Sur sa tête, il voyait le trépas suspendu.
Savez-vous quel présage assombrissait son rêve,
Et quel monstre effrayait son regard éperdu ?
Ah ! du Maroc c'était le tigre formidable,
Que les Francs terrassaient, sous les murs de Tanger,
Sur les bords de l'Isly, dans Mogador-l'aimable ;
Désastres aussi grands que la chûte d'Alger !
En vain, pour l'abuser, le démon de la guerre
L'encourageait, parfois, d'un sourire enchanteur ;
Rien, rien ne pouvait plus relever son grand cœur :
Il croyait au malheur qui le frappa, naguère.
Mais, pour le consoler, charmante vision,
L'image de Mira vint caresser sa vue :
Et, sa vengeance, alors, trop long-temps retenue,

En songeant à Zora rugît comme un lion !...
De sa grandeur l'Emir ne conservant que l'ombre ,
Campait, un an plus tard , sur le sol Marocain :
Quelques Bédouins suivaient le monarque Africain ;
Mais son étoile, alors, ne jetait qu'un feu sombre !
Dans les bois d'oranger , l'harmonieux Coldor (3).
Saluait le soleil au bout de sa carrière ;
Et , las d'avoir suivi le char de la lumière ,
Sur la crète des monts s'endormait le condor.
Non loin de la Tafna dont les vagues limpides
Fertilisent le sol des antiques Numides ,
Se trouve un bourg fameux que l'on appelle Ouchda :
Au nom de Mahomet, son prophête barbare ,
L'Empereur du Maroc , souverain trop avare ,
Y fit donner asile à l'Émir qu'il aida.
On raconte qu'un jour , ce fugitif célèbre
Se présenta , sans suite , au vieil Abderrhaman :
Aussi pâle qu'une ombre errante aux bords de l'Ebre,
Il implorait l'appui du monarque ottoman.
Ce n'était plus ce chef qui cherchait la victoire ,
Avec ses cavaliers si fiers de leur sultan ;
Mais, quoique détrôné, de même que Satan,
Il conservait encor les traces de sa gloire.

« Console-toi , lui dit le pieux Empereur ;
» J'ai plus de cavaliers , dont les pieds ónt des ailes ,
» Que l'Egypte ne vit , jadis, de sauterelles
» Couvrir ses vastes champs frappés par la terreur !
» Les Imans , à ma voix, prêchent la guerre sainte ;
» Et , déjà , mes guerriers , venant de toutes parts ,
» Se rangent , à l'envi , sous mes vieux étendards :
» Leur aspect suffira pour inspirer la crainte.
» Sur les bords de l'Isly , Sid-Mohammet , mon fils ,
» Commande ces héros dignes de son courage :
» Au souffle impétueux de ce puissant orage ,
» Les chrétiens tomberont comme , autrefois , Memphis !
» Ils ont pris , tour-à-tour , Alger et Constantine ?
» Eh bien ! ils expieront ce succès passager :
» Dieu seul , Dieu seul est grand ; il saura nous venger ;
» Crois-en de Mahomet la promesse divine.
» Des Giaours tes sujets ont trop porté les fers...
» C'est à moi de briser le joug de ta patrie :
» Pour lui faire oublier les maux qu'elle a soufferts ,
» Chassons donc les Français de toute l'Algérie !
» Tu sais qu'ils ne sont plus commandés par Nemours,
» Que Constantine a vu foudroyer ses murailles,
» Lorsqu'au bruit excitant des belliqueux tambours,
» Ce prince, dirigé par l'ange des batailles ,
» Conduisait à l'assaut son vaillant bataillon,
» Tel qu'à Jérusalem , Godefroy de Bouillon.

» Ecoute , Abd-el-Kader , il n'est plus temps de feindre :
» D'Orléans t'a vaincu mais, il n'est plus à craindre !
» Précipité du char que traînaient ses chevaux ,
» Comme autrefois le fils du trop cruel Thésée ,
» La mort interrompit ses glorieux travaux...
» Son trépas nous promet une victoire aisée :
» J'en jure le Coran , ce livre de la foi ,
» Nous chasserons les Francs ; sultan, console-toi ! »

— Mais toi, pleure toujours, ô France , ô ma patrie !
Jette un long voile noir sur tes jours triomphans :
Prends tes habits de deuil , mère auguste et chérie ,
Car la mort a cueilli la fleur de tes enfans ! ! !
Plus muet que l'airain qui vomit la mitraille ,
Dans les flots du désert , ce brave d'Orléans ,
Il ne lancera plus son cheval de bataille ,
Pour fouler , à ses pieds, nos ennemis sanglans.
Ah ! comme il était beau , quand tirant son épée ,
Il criait aux soldats : « En avant ! en avant ! »
Dans les champs de l'honneur , ardent comme Pompée ,
Il semblait emporté sur les ailes du vent.
Comment est-il tombé l'enfant de la victoire ?
Hélas ! déplorons , tous, son trop malheureux sort !
Sur sa tombe, à genoux, j'ai vu pleurer la gloire ;
Pour la première fois , j'ai vu pleurer la mort ! ! !

Un jour, de son pouvoir relevant la grande ombre,
Abd-el-Kader trouva les cavaliers sans nombre
Qui campaient bravement sur les bords de l'Isly ;
Et l'espoir vint encor bercer cet autre Ali.
Tel qu'Aroun-el-Raschild sur les montagnes bleues ,
Le fils d'Abderrhaman commandait ces guerriers :
Fier de son parasol et de ses cavaliers ,
D'orgueil il brandissait l'étendard à sept queues,
Qu'on porte devant lui , comme dans tous les temps,
Les Turcs en ont porté devant leurs fiers sultans.
A la chasse , par fois, passant la matinée ,
Ou, sous sa vaste tente évitant la chaleur ,
Il voyait doucement s'écouler la journée ,
Tandis que les Français riaient de sa valeur.
Le soir, quand le soleil voilait son large disque,
Il écoutait les chants d'une jeune odalisque ,
Sans songer, l'imprudent, que la belle Mira ,
Sous ce masque d'amour que prend si bien la femme,
Cachait un puits de haine au ravisseur infàme
Qui de son cher époux, jadis, la sépara !
A ce drame sanglant on aura peine à croire :
Ma muse , en l'écrivant, voudrait me dire adieu...
Ah ! qu'elle aimerait mieux vous raconter l'histoire
De Jean , roi d'Yvetot par la grâce de Dieu (4) !

On dit que de Cédar fille aimante et chérie,
Mira vivait heureuse au sein de Mogador,
Quand l'ardent Mohammet l'enlevant à prix d'or,
Fana de cette enfant l'existence fleurie.
Chef-d'œuvre de l'amour, modèle de beauté,
De Fez jusqu'à Stamboul elle était sans rivale.
Les Grâces, en tout temps, marchaient à son côté :
Aussi, la nommait-on la Perle-Orientale.
Au dire de chacun, passait-elle, le soir,
Dérobant, à demi, ses traits, sous son long voile ;
On prenait aisément l'éclat de son œil noir
Pour le rayon doré d'une charmante étoile....
Sa blancheur eût fait honte à celle du jasmin.
Un frais bouton de rose est plus grand que sa bouche ;
Et son pied, que pressait une riche babouche,
Eût à peine rempli la moitié de la main.
Sa taille et sa démarche avaient tant de doux charmes
Qu'en regardant passer cet ange d'Orient,
Les yeux qui la suivaient toujours, en souriant,
D'amour et de regrets sentaient couler des larmes...
Priant, dans la mosquée, ou, l'aumône à la main,
C'était une Péri : grand Dieu ! qu'elle était belle !
On eût dit la Vénus du divin Praxitèle.
Mais la reine des fleurs n'a pas de lendemain...
Voilà pourquoi, sans doute, oubliant que la femme
Est le lys parfumé qu'un souffle peut ternir,

L'odieux Mohammet, sans crainte et sans rougir,
A la pauvre Mira tendit un piége infâme ?
Et pourtant, de l'époux de la belle Mira
Le prince avait été l'ami le plus fidèle.
Pourquoi donc à l'amour ouvrant son cœur rebelle,
Trahit-il l'amitié du confiant Zora ?
Hélas ! aussi cruel que Tibère à Caprée,
Le fils de l'Empereur entraîna, dans son camp,
La fille de Cédar, par lui déshonorée !
Mais le père et l'époux l'apprirent sur le champ.
Tous deux, cheicks en faveur, loin de la capitale,
Zora, dans Mogador, et Cédar, dans Tanger,
En adorant toujours la main impériale,
Attendaient bravement l'heure de se venger.

Tandis qu'ils conspiraient, pour arracher l'empire
Aux mains d'Abderrhaman caché dans Méquinez ;
Oui, tandis que Bugeaud courait, enfin, conduire
Ses preux impatiens de s'emparer de Fez,
Que faisait l'Empereur ? Assis, comme un avare ,
Dans les sombres caveaux qui cachent son trésor,
Il comptait ses sequins, et son œil de Tartare
Semblait vouloir doubler et dévorer son or.
— « Allah ! murmura-t-il, en domptant la colère
» Qui passait, tour à tour, de son front à son cœur,

» Contre ces fiers Chrétiens je soutiendrai la guerre ;
» Et, pour les enchaîner, mon fils sera vainqueur ! » —
Comme il parlait encor, de loin, à ses oreilles,
Apporté par l'écho, parvint un faible son ;
L'on eût dit que c'était un murmure d'abeilles,
Mais, l'Empereur comprit que c'était le canon.
Alors, tel qu'autrefois le célèbre Abdérame
Qui de Charles-Martel dédaignait les Chrétiens,
Le despote, cédant à l'élan de son âme,
S'écria, plein d'orgueil : « Je les tiens ; je les tiens ! »
Vain espoir ! le Zacoum est un arbre magique.
On dit qu'il croît aux bords du fleuve des Enfers :
Assis à son pied, Djin, le démon fantastique,
Fait plier ses rameaux sous mille fruits divers :
Mais, toujours abusés, les damnés effroyables,
Au lieu d'y recueillir le fruit doux et sauveur
Dont, long-temps à l'avance, ils goûtaient la saveur,
N'y trouvent, en tremblant, que des têtes de diables.
Ainsi, dans son espoir, Abderrhaman trompé
Fuit et trouve partout le bras qui l'a frappé...
L'orgueilleux ! il comptait ses escadrons terribles
Dont les bords de l'Isly paraissaient tout couverts ;
Mais, qu'il connaissait peu les guerriers invincibles
Pour qui ses cavaliers avaient forgé des fers ! ! !

CHANT II.

●—○

BUGEAUD. -- LA CHASSE AU TIGRE.

« Ange des souvenirs et de la renommée ,
» Peins-moi les vaillans chefs de cette brave armée ! »
Le premier, c'est Bugeaud surnommé l'Africain :
Ce nouveau Scipion eût fait l'orgueil de Rome :
Il ne faut que la mort pour en faire un grand homme.
Son nom seul est l'effroi du peuple marocain ,
Et, lorsqu'Abd-el-Kader le voit , tel qu'un orage
Qui porte dans son sein le simoun des combats ,

Ce grand sultan déchu , versant des pleurs de rage ,
N'ose plus , de longtemps , regarder ses soldats !
Héroïque débris des géans de l'Empire ,
Digne élève de Mars et de Napoléon,
Bugeaud, qui n'a vécu que pour le Panthéon,
N'écoute que la gloire, et la gloire l'inspire. . .
En vain les détracteurs, contre lui conjurés,
Soufflent sur le miroir de son vaste génie ;
La glace n'est pas même , un seul instant ternie :
Il se rit des jaloux , ils les foule à ses pieds.
Ainsi faisaient toujours les grands hommes de Sparte,
Et tous les demi-dieux qu'a formés Bonaparte !

D'après les Indiens , il est , je ne sais où ,
Un arbre précieux , nommé Kalpa-Tarou :
Quel que soit son vouloir, le passant qui l'admire
Y cueille à volonté les choses qu'il désire.
Eh bien ! lorsque l'on songe à cet arbre enchanté,
On croirait que Bugeaud y cueille à volonté.
« Tu ne pus lui prêter le concours de tes braves;
» Pleure Lamoricière, autre fils de Thétis;
» Frère d'Achille mort aux bords du Simoïs,
» La victoire occupait , ailleurs, tes fiers Zouaves ! »
Ami de d'Orléans , Bayard que nous pleurons ,
Lorsqu'aux Portes-de-Fer les farouches Kabyles,

Ainsi que les Trois-Cents eurent leurs thermopyles,
Il vit ce chevalier gagner ses éperons.
Gloire à cet Attila , le fléau de l'Afrique !
Près de l'Isly , campait l'intrépide Bedeau :
Quand brille son regard , météore héroïque ,
L'Arabe épouvanté tremble comme un roseau.
D'autres chefs le suivaient ; Pélissier, d'Atlenville ,
Eynard , Cachot , Tartas , Gagnon , Comps , Foy, Moris ,
De Garaube , Gouyon , de Cissey , Pongerville ,
Et l'invincible chef des rapides Spahis ,
Ce Yusuf sans rival qui , devant la mitraille,
Fait bondir , en riant , son cheval de bataille .

Arabe de pur sang , ses membres sont de fer :
On dit que son regard , qui lance au loin l'éclair ,
Rappelle le dernier de ces Abencerages
Dont Grenade étouffa les sublimes courages ,
Lorsque , sous l'ouragan des cours de l'Alhambra ,
Dans une mer de sang leur fortune sombra.
Il a le bras d'Hercule et l'ardente sagesse
Que les fils de Nestor montrèrent à la Grèce.
Doux comme la liqueur de l'arbre de l'encens ,
Le timbre de sa voix pénètre dans les sens.
Mais , malheur à celui qui brave sa colère !
Son cimeterre donne un aussi prompt trépas

Que le fatal poison du grand arbre l'Upas,
Et ses pistolets sont plus craints que le tonnerre...
A voir son port, son air belliqueux et riant,
Et, l'héroïsme peint sur son noble visage,
Ne le prendrait-on pas pour un preux d'Orient
Dont, jadis, les Croisés admiraient le courage ?
Qu'il est beau, quand, portant son riche caftan vert,
Armé du sabre turc dont le fourreau résonne,
Il passe, en gouvernant son noir cheval couvert
De housses, de glands d'or, et d'acier qui rayonne !
Lorsque, fier comme un roi, son geste est sans pareil,
Ou, qu'il vole au combat, agile, plein de grâce
Comme tous les coursiers dont l'immortelle race,
Avec orgueil, descend des chevaux du soleil,
Ah ! qui ne le prendrait pour le grand capitaine
Que le Cid admira sur la rive africaine ?...
Eh bien ! puisqu'à l'Émir son glaive est si fatal,
Puisqu'il a défendu la nouvelle patrie
Qu'il aimera toujours jusqu'à l'idolatrie,
Yusuf est un Français à l'air oriental.
Le sourire est charmant sous ses noires moustaches :
Comme ses blanches dents, son honneur est sans taches :
Aussi, quand, sur son cœur, l'étoile du soldat
Brille sous son turban paré d'un cachemire,
Il paraît si vaillant, qu'on l'aime et qu'on l'admire !
Pour chasser au désert, il n'a point de rival.

Lancer avec ardeur son rapide cheval ,
Après le sanglier que la meute épouvante ;
Ou bien , réunissant quelques adroits Spahis ,
Un long mousquet en main , dans les champs de maïs ,
Epier les flammands aux courtes ailes roses ;
Parfois aussi , chasser l'autruche , le condor ,
L'Oiseau de Paradis qui se nourrit de roses ,
L'outarde , le faisan aux riches plumes d'or ;
Souvent encor , percer d'une grêle de balles ,
Et les lourds éléphans et les légers bubales ;
Puis, mollement assis à l'ombre du tuba (1)
Que, pour le pèlerin , la main de Dieu courba ,
Dans des yeux pleins d'amour , voir son bonheur, sa vie ,
Des terrestres plaisirs voilà ce qu'il envie ;
Et, pour lui, la faveur d'un despote a fermi
Ne vaut pas le bonheur d'embrasser un ami.
Un véritable ami, quel trésor grand et rare !
Des choses d'ici-bas , oui, c'est le plus grand bien :
Aussi, pour le garder, comme on doit être avare !
A la chasse, pourtant , Yusuf perdit le sien. . . .

Les chasses du désert ne sont que pour les braves ;
Il leur faut des Spahis calmes devant le sang :
Leur plaisir n'est point fait pour de lâches esclaves.
Non loin d'une oasis , sur les bords d'un étang ,

L'ami de Yusuf-Bey vit deux tigres horribles :
Tout Arabe est ardent à ces chasses terribles.
Aussi, rempli d'espoir, l'intrépide Nassoun
Partit comme l'éclair ou., comme le simoun :
Yusuf et ses Spahis le suivaient en silence.
A peine arrivaient-ils à dix longueurs de lance
Que, déjà, résistant aux mains qui les lançaient,
Hérissés, l'œil en feu, leurs coursiers hennissaient.
De l'étang, cependant, ils entourent l'enceinte...
Le cœur du vrai Spahis ne connaît pas la crainte !
Dans leur féroce instinct, les tigres accroupis
Et retenant, enfin, les élans de leur joie,
Attendaient le moment de saisir quelque proie,
Car, l'herbe les cachait aux regards indécis.
Des chasseurs la prudence avait fermé les bouches :
Un sourire inquiet se peignait dans leurs yeux :
Ils connaissaient si bien leurs ennemis farouches ! ! !
Immobiles, prudens, mais toujours courageux,
Aux bords de l'oasis par leurs coursiers battue,
Chacun d'eux semblait être une belle statue.
Oh ! quel affreux moment ! Tout-à-coup, de ses cris,
Nassoun frappe les airs : effrayés ou surpris,
Les tigres, aussitôt, du sein des hautes herbes,
Pour juger du danger lèvent leurs fronts superbes...
Alors, un coup de feu renversa le plus fier
Qu'on eût pu rencontrer de Tunis à Djézair :

Tigre royal, plus fort que les plus gigantesques,
C'était bien le plus beau des Etats-Barbaresques !
Il tomba ; puis, trahi par un bond impuissant ,
Aux pieds des cavaliers il retomba sanglant.
Les amis de Nassoun à ce coup applaudirent :
Les monstres, en grondant, deux fois leur répondirent.
— Il n'en reste plus qu'un, cria gaîment Zila ! —
La chasse allait finir ; mais le courroux d'Allah
Devait, hélas ! en deuil changer tant d'allégresse !
Aux pieds du tigre mort, une énorme tigresse
Dardait, sur les chasseurs, des regards enflammés :
Ses dents s'entrechoquaient dans sa gueule béante;
Et, tel qu'un fouet d'airain, sur ses flancs affamés,
Sa queue aiguillonnait son courroux de géante...
Soudain, elle bondit. O spectacle d'horreur !
Elle saisit Nassoun : au gré de sa fureur,
Des plus braves chasseurs que son regard foudroie
Elle franchit le cercle, et part avec sa proie.
Yusuf et ses Spahis déplorant ce malheur,
Poussèrent, à la fois, un long cri de douleur ;
Mais bientôt, transportés de colère et de rage ,
Ils lancent leurs coursiers ; on eût dit un orage :
A venger leur ami chacun d'eux attentif
Poursuit avec ardeur le monstre fugitif...
Inutiles efforts ! Entre elle et leurs cavales,
La tigresse avait mis d'immenses intervalles ;

Et Yusuf ne trouva, d'un ami malheureux,
Que le burnous sanglant et des lambeaux affreux !
Depuis ce jour fatal, sur son mâle visage ,
Le chagrin a gravé son imposant cachet :
Il pleurera toujours l'ami qu'il chérissait ;
Car la gloire ne peut consoler son veuvage ! ! !
La douleur, ce vautour, a des ongles de fer.
Aux eaux du lac Fiourm la vie est donc pareille ?
Sa seconde moitié n'a qu'un déboire amer,
L'autre est plus douce encor que le fruit de l'abeille...
Allié des Français, sur les bords de l'Isly,
Suivant du maréchal les onze mille braves,
Yusuf, jeune rival de Méhémet-Ali,
Commandait les Spahis émules des Zouaves.
Lalla-Magrania, le camp de nos héros,
N'avait pas de guerrier plus craint, ni plus terrible :
Comme l'ardent Murat, il était invincible.

Mais, parmi les Français, quels étaient ses rivaux ?
Tel que l'antique chef des bandes espagnoles
Dont le fameux d'Enghien moissonna les héros,
Animant les Spahis ennemis du repos,
A leur tête marchait le bouillant Cassaignoles.
— Esterhazy, Caillé, d'Autemare, Courson,
Et Roger, et Justrac, et Bosc et Chadeysson,

Vous pour qui les combats n'ont toujours que des charmes,
N'étiez-vous pas aussi parmi vos frères d'armes ? —
Après eux, se trouvait l'ardent de Martimprey :
Jamais plus noble preux n'a brillé dans la lice.
Près de lui, venaient Bèze et Kobas et Crestey
Qui, de tout temps, joignit la prudence d'Ulysse
A la noble valeur du généreux Hector.
Non loin de ses chasseurs on voyait Bouchakor ;
Ce guerrier a le bras du brave Idoménée.
Rozetti le suivait ; on l'eût pris pour Enée
Armé, par les amours de sa mère Vénus,
Pour combattre et dompter le farouche Turnus.
Mohammed-Ben-Kaddou, fier comme Diomède,
Avec son cimeterre alignait ses guerriers :
Illustre descendant, peut-être, d'un roi Mède,
La mort, comme la foudre, épargna ses lauriers !
Comme Guyot et lui, dans les rangs des Zouaves
Où la victoire étend ses ailes de vautour,
On admirait Cambon, la perle des vrais braves.
Mais, nul ne surpassait Le Febvre, ni Latour,
Ni le savant Clapier dont le regard sévère
Des canons voyageurs dirige le tonnerre.

— Tu les suivais de près, Hardi, le bien nommé !
De ses guerriers formant la vivante muraille,

Non loin de toi, volait le redoutable Houdaille,
Houdaille, de la gloire élève bien aimé. —
Colonne, Dubarrail, Carbonnel, Delachère,
Houssaye et de Magny se rangeaient devant eux :
Le feu de la valeur éclatait dans leurs yeux,
Et, jusqu'à leurs coursiers, tout respirait la guerre.
Comme eux, apparaissaient et Baudouin et Cachot,
Rousseau, Joly, Michel, de Noyac, Morizot,
Et le rusé Boat, émule de Lacaze.
Le Bègue, de Crény, Guillemot, Espivent,
Mohamed-Boukaïa, plus léger que le vent,
Kaïd-Osman, semblable aux lions du Caucase ;
Trochu, Fossier, Bregaud, Rivet et Videllin ;
Que de noms redoutés dans les champs de Bellone,
Et dignes d'être écrits sur les tables d'airain
Dont la France devrait faire une autre Colonne ! ! !
Froment-Coste, Laillot, Forton, Fleury, Legrand,
Joson, Lambert, Gautrot, Dervieux, Dicter, Damotte,
Et Courby-de-Cognard, et le Comte, et de Cotte,
Roguet, Bioud, Favas, Loë, Ducrest, Bertrand,
Tallet, Ouiraud, Goujet; que de faits héroïques
Préparaient tous ces chefs dignes des temps antiques !
Comme ils s'entretenaient et de guerre et d'amour,
Un Spahis allié dans leur camp se présente :
Du général en chef il demande la tente :
On l'y mène aussitôt. Dans ce moment, le jour,

Sous l'horison pourpré venait de disparaître ;
La lune, se levant sur le cap Bojador,
Faisait, déjà, briller son large croissant d'or,
Signal d'Endymion son amant et son maître.
Le Spahis avait vu tout le camp marocain :
Au Scipion français il raconta, sans feinte,
Tout ce qu'il en savait : et, Bugeaud l'Africain,
Bugeaud qu'Abd-el-Kader ne peut nommer sans crainte,
Bugeaud, récompensant le courageux soldat,
Ordonna, pour le jour, les apprêts du combat...

◑ — ◐

LE CAMP DES BÉDOUINS.

Eh bien ! pendant ce temps si précieux aux braves,
Que faisait donc le fils de l'avare empereur ?
Sur un divan, au sein de ses belles esclaves,
Dans les bras du plaisir il cherchait le bonheur...
Mais, afin d'abréger les heures de l'attente,
Il voulut un festin ; et, tous ses courtisans,
A table réunis sous sa royale tente,
Lui firent oublier la gloire des sultans.

Les doux vins de palmier, de Corinthe et d'Istrie,
Le Chypre bouillonnant et le joyeux Candie
Pétillaient dans le sein des coupes d'Almanzor.
Grâce aux sons irritans des zornas, des cymbales,
Des guitares, des tophs, des bruyans atabales,
Trente musiciens, venus de Mogador,
Animaient les buveurs : tels les héros d'Homère
Ecoutaient, pleins d'ardeur,la trompette guerrière !
De femmes, cependant, un gracieux essaim,
Dans ce doux tourbillon que l'on nomme la danse,
Au bruit des instrumens s'élançait en cadence.
Le brillant yatagan et le tromblon en main,
Elles s'abandonnaient à ces danses viriles
Qu'aime tant la tribu des vaillans Kabaïles...
Aux convives versant d'enivrantes liqueurs,
Les eunuques, dressés aux rives du Bosphore,
Epuisaient en riant le flanc de chaque amphore
D'où sortaient des parfums plus doux que ceux des fleurs.
L'encens de l'Iémen, formant mille paillettes,
Pétillait dans le feu de trente cassolettes.

Comme au manteau du soir brillent les scarabées ,
Ou bien, du firmament les étoiles tombées,
Les girandoles d'or, sous leurs gerbes de feux,
Scintillaient, dans la salle, éblouissaient les yeux

Statuettes de marbre, aux ailes de Zéphyre,
Des fleurs, des oiseaux peints sur de riches tapis,
Des patères d'argent, des vases de porphyre ;
Bagues, colliers, bijoux, escarboucles, rubis,
Merveilleuses beautés que la richesse étale
Et que crée en riant la fée orientale ;
C'était comme un bazar par qui les yeux séduits
Rêvent un conte aimé des Mille-et-une-Nuits !
D'un invincible amour éprouvant la magie,
Mohammet se livrait aux fureurs de l'orgie...
Il me semble le voir, ce nouveau Balthazar !
Entouré des Croyans de la secte d'Omar,
Le front ceint de jasmin, de roses et d'acanthe,
Tel que le pèlerin au caravansérail,
Il a tous les transports d'une jeune bacchante...
Les lascives beautés de son jaloux sérail
Tourmentent les coussins où leur nudité brille.
Sans honte et sans pudeur allumant ses désirs,
Avec la volupté qui, dans leurs yeux pétille,
Elles chantaient en chœur l'histoire des plaisirs !
Au choc voluptueux des baisers et des coupes,
L'amour berçait encor les nobles débauchés,
Quand le jour, se levant sur leurs infâmes groupes,
Lança de ses rayons les traits longtemps cachés...
Alors, un marabout vint leur crier : « Aux armes ! »
A l'aspect imprévu du vieillard en courroux

Qui sortait un poignard des plis de son burnous,
Le fils de l'Empereur, étouffant ses alarmes,
Et, réveillant en lui son instinct de guerrier,
S'élança, tout armé, sur son ardent coursier.

C'était l'heure où du jour, fidèle avant-courrière,
L'Aurore ouvre le ciel au char de la lumière.
Au belliqueux appel des tambours, des clairons,
Vers le camp Marocain qui les bravait naguère,
Les Français, excités par le Dieu de la guerre,
S'avançaient fièrement : leurs vaillans bataillons
Paraissaient conviés aux plaisirs d'une fête,
Mais, leurs canons muets cachaient une tempête.
Les armes, au soleil, projetaient mille éclairs :
Les cavaliers semblaient emportés dans les airs :
Tête haute, enivrés à l'odeur de la poudre,
Les chevaux s'élançaient en défiant la foudre.
Zouaves, et Spahis aux rapides coursiers,
Ressemblaient, dans leur course, aux chamois des glaciers.
Les vaisseaux du désert, leurs pilotes fidèles,
Toute l'armée, enfin, semblait avoir des ailes.
Tandis que vers son camp ils cherchaient Mohammet,
Ils virent un fantôme. Était-ce Mahomet,
Qui, sorti du tombeau qu'à la Mecque on adore,
Accourait protéger l'Empereur qui l'implore ?

N'était-ce pas plutôt le prince des Démons ?
De son souffle orageux naissaient les aquilons,
Et ses bras, secondant sa rage intarissable,
Bouleversaient les flots d'un océan de sable.
Semblable à Pharaon poursuivant les Hébreux,
Il voulait submerger les Francs victorieux,
Mais, le Dieu des Chrétiens souffla sur le fantôme,
Et l'ombre disparut comme un obscur atôme.
Qui pourrait arrêter la marche des géans
Dont l'Europe, vingt ans, a senti le tonnerre ?
« O France, on craint partout tes canons foudroyans,
» Car tu pourrais encor conquérir l'Angleterre !!! »

Cependant, en voyant approcher les Français,
Les Marocains armés couvraient leurs vastes plaines :
Les insensés ! comptant sur leur nombre et leurs chaînes,
Ils ne voyaient, pour eux, qu'un facile succès.
Mais, Bugeaud craignant peu ces vivantes murailles,
Bugeaud chevaleresque, ardent comme Murat,
Fit bravement donner le signal du combat.
Avez-vous contemplé l'ouragan des batailles ?
Ces reptiles de bronze, aux gueules de volcans,
Dont les ailes de fer se traînent dans les camps
Et dont les traits brûlans, images de la foudre,
Rompent les bataillons confondus dans la poudre :

Les nuages de flamme et les débris sanglans ;
Le flux et le reflux des morts ou des mourans ;
Les guerriers noirs de poudre, et les armes brillantes ;
Les coursiers bondissant au gré des mains vaillantes ;
Les airs se renvoyant une grêle de feu,
Comme il en doit tomber au jugement de Dieu ;
Les drapeaux ou debout ou couchés sur la terre ;
Et les rangs éclaircis par les coups de tonnerre ;
Et, plus loin, le soleil courbant ses gerbes d'or ;
Quel drame ! quel tableau digne d'un Salvator !!!
Rien de plus imposant ; rien de plus magnifique.
Demandez, demandez à Méhémet-Ali !
Eh bien ! ce grand tableau, ce spectacle magique,
Vous eussiez pu le voir sur les bords de l'Isly...

Pendant que les Français enflammés par la gloire,
Etaient près d'attaquer les guerriers Marocains,
Abd-el-Kader, rêvant à ses bords africains,
Repassait dans son cœur sa belle et triste histoire.
Lui qui, jadis, régnait sur toute la Tafna,
Lui, maintenant, errant sur la rive étrangère,
Il regrettait la paix de son humble Guetna (1) :
Il sentait que la gloire est souvent mensongère,
Et que Dieu sait, enfin, abaisser l'orgueilleux.
Quelques larmes, alors, brillèrent dans ses yeux,

Car, il est des momens où l'âme recueillie
N'écoute que la voix de la mélancolie...
Hélas ! il éprouvait les tourments de l'amour ;
Il sentait, dans son cœur, le doute, affreux vautour
Qui, glissant son scalpel dans notre ame attristée,
Nous fait subir souvent les maux de Prométhée...
Soudain, de ses pensers, puissante et vaste mer
Où le malheur, souvent, fait naître la tempête,
Le flux et le reflux qui grondaient dans sa tête,
Glissèrent sur sa bouche en long sourire amer :
Il songeait à Zulmée, un jour ravie au Tage.

Zulmée avait été vendue, à Mogador ;
Et l'Emir l'acheta deux fois vingt sequins d'or :
Il en fit, volontiers, un charmant petit page,
Car il voulait tromper sa femme Kaïra.
Comme de Jean Goujon la Diane magique,
On l'eût cru voir sortir d'un bloc de marbre antique,
Cette Zulmée, enfant qu'aimait sa Deïra.
Il songeait à son page : alors, la jalousie
Se tordit dans son cœur, comme un serpent d'Asie.
Qui peindrait ses regards, sa muette fureur ?
Ah ! sous son noir burnous chargé de broderies,
Sa main droite affectant un calme bien trompeur,
Tourmentait un poignard orné de pierreries.

Serrant l'affreux pommeau d'un large yatagan,
L'autre main l'agitait, dans son fourreau d'argent.
Ses yeux, sous son kaïck, lançaient des éclairs sombres,
Et, tous, vous l'eussiez pris pour le sultan des ombres ! ! !
Enfin, il appela Farruck, l'eunuque noir
Que, jamais, sans trembler, nul homme ne peut voir.
Qui ne connaît Farruck, l'exécuteur farouche,
Dont le glaive est encor moins tranchant que la bouche ;
Farruck dont le poignard n'est jamais endormi,
Farruck qui boit du sang dans un crâne ennemi ?

— « Que mérite une esclave, une esclave infidèle ? » —
Lui demande l'Emir. — « La mort la plus cruelle,
» Répond Farruck ; la mort ! Au sérail du Sultan,
» A Stamboul, le visir, muni d'un saint firman,
» Arrête la coupable ; et, sourd à tous ses charmes,
» N'opposant à ses cris qu'un regard de dédain,
» Malgré son désespoir, sa douce voix, ses larmes,
» Dans un sac de cuir noir on l'enferme soudain ;
» Et comme, ici, chacun reçoit selon ses œuvres,
» On y met des serpens, des scorpions, des couleuvres.
» Alors, un des Muets dont le cœur est de fer,
» Au sein d'une caïque (2), au milieu des ténèbres,
» La traîne en souriant sur les bords de la mer ;
» Puis, ramant en cadence, avec des chants funèbres,

» Six gardes du sérail, guidés par un flambeau,
» Au Bosphore écumant lui creusent un tombeau ;
» Un instant, sur les flots le cadavre tournoie,
» Mais le gouffre bientôt se ferme sur sa proie,
» Et tout est dit, alors. » —Ah ! cher Farruck, c'est bien,
Car l'ange Isfendiard n'est qu'un mauvais gardien. (3)
C'est à toi de songer à l'honneur de ton maître,
Et Sidi-Mohammet n'est qu'un illustre traître !
C'est bien, dit le Sultan ; Zulmée aura son tour :
Farruck, elle mourra ; j'en jure le Prophète !
Que le chef marocain subisse une défaite ;
Et mon bras s'abattra sur eux comme un vautour... —
Ainsi parla l'Emir ; dans cette double attente,
Il sentit sur ses yeux descendre le sommeil ;
Et l'eunuque, aussitôt, sans sortir de la tente,
Se tourna, pour prier, vers l'Orient vermeil.

Echangeant les éclairs de leurs noires prunelles
Qui scintillaient au loin sur le blanc des burnous,
Dans le camp de l'Emir les Bédouins en courroux
Paissaient leurs noirs chevaux dont les pieds ont des ailes.
Tenez ; les voyez-vous en silence accroupis ?
On dirait les démons. Sur leurs grossiers tapis,
Ils fumaient gravement la pipe algérienne
Au divin Tombaki qui dissipe la peine :

Mais, qui saurait les voir, sans tressaillir d'horreur ?
Tout jusqu'à leurs plaisirs respire la fureur !
A peine pouvaient-ils retenir la tempête
Qui grondait dans leur sein et tonnait dans leur tête...
Cependant, étendu sur un riche divan,
Abd-el-Kader goûtait un sommeil enivrant :
Sa main pressait encore et sa chibouque arabe
Et son chapelet turc !! Un rénégat Souabe
Armé d'un chasse-mouche orné de diamans,
Rafraîchissait le front du sultan des sultans.
Mais le bruit des tambours, le canon, les fanfares,
L'arrachent tout à coup des bras du doux repos :
Que voit-il ? Les Français agitant leurs drapeaux,
Et chassant devant eux des phalanges barbares...
Il sourit : à ses pieds plantant son étendard ,
Dans ce sol qui lui fit tant de promesses vaines ,
Il sent son noble sang bouillonner dans ses veines ,
Il range ses guerriers. Au feu de son regard,
Au puissant nom d'Allah tirant leur cimeterre,
De leurs cris les Bédouins font retentir la terre :
Aux sons de la trompette ils sellent leurs chevaux
Compagnons de leur gloire et de leurs longs travaux :
Sous le blanc capuchon cachant leur noire tête,
Ils s'arment. — Marocain, prends garde à la tempête ! —
Faisant bravement tête aux vieux vainqueurs d'Alger,
Dont les carrés mouvans foudroyaient son armée,

Le fils d'Abderrhaman ne vit pas le danger
Qui devait l'engloutir avec sa renommée.
Nos boulets, cependant, démembraient ses remparts ;
Et ses preux accroupis comme des léopards
Que le prudent chasseur attaque avec courage,
A la voix du canon mêlaient leurs cris de rage.

— « France ! qui n'a senti ton sceptre redouté ?
» Tu ne peux pas toujours marcher tête baissée ;
» Tu ne peux pas sans cesse, ô France, être abaissée ;
» Relève encor ton front et marche en liberté,
» Car, l'Europe, en dépit de ta rivale immonde,
» Te nomme la maîtresse et la reine du monde !!! » —
Rien ne put arrêter les Français triomphans.
Tandis que, contemplant leurs troupes débusquées,
Les Marocains pliaient ; les femmes, les enfans,
Les Imans , les vieillards, au sein de leurs mosquées ,
Le front dans la poussière et la prière au ciel,
Imploraient à grands cris l'appui de l'Éternel.
Cependant, enflammés par le dieu de la guerre,
Ainsi qu'à Mazagran soutenant leur grand nom,
Les Français n'écoutaient que la voix du canon,
Et leurs pas de géans faisaient trembler la terre.
Il me semble les voir tels que ces vieux Gaulois
Que commandait Brennus quand , dans Rome aux abois,

Au nom de Teutatès, à la voix d'un Druide,
La francisque fauchait le sénat intrépide
Qui, traînant l'univers sous le joug de l'affront,
Devant les plus grands rois n'inclina pas son front,
Et qui vit les Romains tremblans, dans la poussière,
Aux pieds d'un simple brenn courber leur tête altière.
On dit qu'en revoyant les bataillons français,
Le vieux Désert cacha son front immense et pâle,
Comme au temps où Kléber, Bonaparte et Dessaix
Donnaient de nobles fers à l'Égypte qui râle.
On dit qu'au bruit confus de ses gémissemens,
Les tigres, les lions dont les rugissemens
Vont d'échos en échos, tels qu'un bruyant tonnerre,
Partagèrent sa peur, sa honte et sa colère....

○—○

LE ROI DES ENFERS.

Dans le cercle des cieux, l'archange du soleil
Attelait ses coursiers au char de la lumière :
Il suivait, en géant, son immense carrière,
Tandis que Lucifer assemblait son Conseil.
A l'aspect effrayant de ses sombres ministres,
Le prince des démons deux fois blasphéma Dieu :
Il sourit en voyant leurs visages sinistres,
Et dit, en s'asseyant sur son trône de feu :

» Illustres protecteurs de l'antique Islamisme,

» Vous qui de Mahomet fécondiez les travaux,

» Souffrirez-vous toujours que d'orgueilleux rivaux

» Détruisent, malgré vous, le champ du fanatisme ?

» Poussé par les conseils d'un perfide allié,

» L'aveugle Abderrhaman croit trop en l'Angleterre;

» Quand la France en courroux l'écrasera du pied,

» A quoi lui servira son bouillant cimeterre ?

» Déjà, presque vaincus, sur les bords de l'Isly,

» Ses nombreux cavaliers ne rêvent que la fuite,

» Et son fils, tout à l'heure, errant, presque sans suite ,

» Lui vantera les preux d'Arcole et Rivoli !

» Laisserons-nous encor l'étendard du Prophète,

» Dans les mains des Chrétiens, tomber honteusement ?

» Non ; nous ne verrons pas, de sa base à son faîte,

» S'écrouler la grandeur de l'empire ottoman !

» En vain, dans son orgueil, l'Europe catholique

» Se flatte de saper le trône des sultans,

» Anges tombés des cieux, ah! puisqu'il en est temps,

» L'Enfer va devenir sa seule basilique....

» En vain lui prédisant la chute de Mossoul,

» Les prêtres d'Occident et les Grecs d'Andrinople

» D'anathèmes sans fin frappent Constantinople.

» C'est à nous de sauver cette belle Stamboul ;

» Stamboul, dernier abri de la foi musulmane

» Et que de sa faiblesse Abd-ul-Medjid profane,

» Stamboul que, tous les jours, d'un regard insultant
» Provoquent les Chrétiens, en face du Sultan;
» Stamboul, enfin, Stamboul qui, sous sa grandeur tombe,
» Comme fit Charles-Quint, en préparant sa tombe !...

» Et Rome ?... Ce n'est plus qu'un débris immortel :
» Les rois ne craignent plus les foudres de l'Eglise :
» La terre au Vatican n'est déjà plus soumise,
» Et la tiare, enfin, ne règne qu'à l'autel.
» Le sceptre des Stuarts n'est plus qu'une quenouille...
» Le Portugal s'endort dans son obscurité...
» L'Irlande, assise en pleurs dans le sang qui la souille,
» N'ose pas conquérir sa vieille liberté !
» L'Italie a son nom que ses grands deshonorent,
» Car l'aigle de l'Autriche est sans force aujourd'hui.
» Contre ses vils enfans la Grèce est sans appui
» Et dispute sa gloire aux vers qui la dévorent...
» La Prusse ? Caressant son appétit glouton,
» Ce n'est qu'un pauvre dogue ardent à la curée ;
» Un roitelet la dresse avec un lourd bâton.
» Quant à l'orgueilleux Czar, ce nouveau Briarée ,
» Qui poursuit les Français de ses cris insultans,
» La Pologne le hait, et, de la Circassie
» Le glaive est un cancer au cœur de la Russie
» Qui va renouveler la chute des Titans !

» Mais abaissez les yeux sur la sombre Allemagne :
» La reconnaissez-vous ? Ce n'est plus ce grand corps
» Dont la brillante armure , aux merveilleux ressorts ,
» Résista dix-huit ans aux coups de Charlemagne.
» Malgré son Charles-Quint, malgré ses guérillas,
» L'Espagne de Colomb, cette Espagne si belle
» Qui dévore ses fils, comme Saturne, hélas !
» Son soleil espagnol va s'éclipser comme elle...
» Mais la fière Albion, la Carthage du Nord ;
» Mais l'immortel Paris, la Rome occidentale
» Qui porte dans les cieux sa tête colossale,
» Pendant que son pied touche au trône de la mort ;
» Voilà les ennemis dont le génie immense
» Pourrait, seul, balancer notre vaste puissance.

» On dit que dans les murs de ce charmant Paris
» Dont l'univers jaloux admire l'élégance,
» Un monarque rusé monte sans arrogance
» Sur ce même pavois qui vit régner Clovis.
» Grâce à sa fermeté, grace à ses mains habiles,
» Les rênes de l'État, dans ces temps difficiles,
» Ne fléchissent jamais. En vain lord Wellington,
» Enflant sa grosse voix comme un chantre d'église,
» Voudrait, tel qu'un enfant effrayé de son ton,
» Agenouiller la France aux bords de la Tamise :

» Son rêve de vieillard n'est qu'un rêve d'enfant !
» Ce Don Quichotte anglais, grand homme imaginaire
» Que Soult a fustigé de son bras triomphant,
» Il veut encor de Mars dérober le tonnerre ?...
» Dans son palais ducal, ce héros de hasard,
» Qu'il singe donc sans gloire et Cromwell et César !
» La factice grandeur peut tromper le vulgaire ;
» La chouette, la nuit, peut paraître un condor....
» La France, au Mont-saint-Jean a trouvé son calvaire,
» Mais c'est pour s'élever, de là, sur le Thabor !!
» Au livre des destins, il est écrit que Rome,
» La Rome d'Occident, qu'en tous lieux on renomme,
» Enfantera bientôt un nouveau Scipion
» Qui, détruisant Carthage et, creusant un sillon
» Sur les débris fumans de sa rivale altière,
» Du monde, effacera le nom de l'Angleterre.

» Contre la France seule il faut donc nous liguer :
» Malgré milord Guizot , son rhéteur emphatique ,
» Qui de son impudence ose encor se targuer,
» Pour se donner la mort, elle a sa politique !
» Mais, puisque les Français nous arrachent Alger,
» De peur qu'Abderrhaman ne courbe aussi la tête,
» Sous les foudres d'airain qui brisèrent Tanger,
» Osons l'encourager à braver la tempête.

» Allons, et, qu'au secours du fils de l'Empereur,
» S'élance sur vos pas l'élite de nos braves ;
» Que l'ange de la Mort leur souffle sa fureur :
» Moi, renversant, bientôt, jusqu'aux moindres entraves,
» Je vole protéger Tanger et Mogador ! ! !

Ainsi parla Satan : son conseil formidable
Lui répondit, soudain, par un cri redoutable.
Aussitôt, Lucifer, ouvrant ses ailes d'or,
De son palais frappa, du pied, le sol qui tremble :
De ses anges déchus formant les légions,
Son bras les divisa, puis, vers nos régions,
En poussant des clameurs ils partirent ensemble :
On eût dit l'Océan sortant de son repos,
Et semant, sur ses bords, le bruit sourd de ses flots.
Quelques instans après, le roi du sombre empire,
De son aile, en passant, voilait l'astre du jour ;
Et, le fixant avec un sauvage sourire,
Il plana sur la terre, ainsi qu'un noir vautour...

Sur les bords de l'Isly, dans ce moment terrible,
Le canon des Français tonnait avec fureur :
Le fils d'Abderrhaman, surnommé l'invincible,
A ces coups redoutés pâlissait de terreur.

— « Muse, qui sais les noms des héros de l'Empire,
» O toi qui fais l'histoire, et que la gloire inspire,
» Nomme-moi les héros qui passèrent l'Isly
» Lorsque d'Abderrhaman le soleil eut pâli ! » —
Maury se distingua tout en sonnant la charge ;
Mais, au champ de l'honneur, Aufroy trouve un tombeau ;
Et de l'artillerie une affreuse décharge
N'empêche pas Darguet d'enlever un drapeau.
Là brillèrent, surtout, l'heureux Lagardière,
Hugues, Valin, Singlé, De la Moissonnière.
Blessé d'un coup de feu, le brigadier Sorval
Fut foulé, quelque temps, aux pieds de son cheval.
Brigode-le-Normand, qu'eût chéri Thémistocle,
A trente Marocains prit un grand étendard ;
Aussi fort, aussi grand qu'Achille sur son char,
Il ne lui manquait plus que d'avoir un Patrocle.
— « Et vous, Joson, Bioud ! éternisant vos noms,
» N'avez-vous pas aussi pris deux fois trois canons ?
L'ami du maréchal, le brave et savant Roche,
Se battait, commandait comme Epaminondas :
Plus heureux que Porrus et que Léonidas,
Il a vu Mohammet s'enfuir à son approche !
Mais, hélas ! d'un boulet Gérard est renversé,
Au cri : « Vive la France ! » avec gloire il expire :
C'est ainsi que mouraient les héros de l'Empire !
Près du brave Gérard, Nyel tomba blessé.

4

Pour les venger tous deux, l'impétueux Houdaille
Fit, d'adresse et de force, un miracle éclatant ;
Malgré les tourbillons que vomit la mitraille,
On l'a vu terrasser un Arabe, un géant.
En tombant sous le poids de sa pesante armure,
Du Prophète déchu le gigantesque enfant,
Tel qu'un pin renversé par un bras triomphant ,
Fit retentir le sol d'un sinistre murmure.
Deux jumeaux, favoris du tyran marocain,
Combattaient vaillamment, parmi les Infidèles ;
De l'amour fraternel c'étaient deux vrais modèles.

On raconte qu'avec un kandjiar africain,
D'un croissant, leur épaule avait été marquée,
Et que, dès leur naissance, une dame de Fez
Les avait exposés au seuil d'une mosquée.
Recueillis , par les soins d'un cheick de Méquinez,
Tous deux avaient grandi sans connaître leur mère :
Mais l'Empereur, qui sut leur histoire et leurs maux,
Adopta volontiers ces deux charmans jumeaux.
Il fut leur protecteur ; on aurait dit leur père.
Aussi d'Abderrhaman devenus écuyers,
Ils dressèrent si bien ses célèbres coursiers
Qu'on les citait partout, et que de mille grâces
L'Empereur les comblait. Alfarez, Almanzor,

N'avaient point de rivaux : ni Pollux, ni Castor,
N'ont dompté des coursiers avec autant de grâces !
Vers eux se tournaient donc les rusés courtisans,
Car, c'étaient de la cour les plus belles étoiles.
Passaient-ils, emportés par de fiers alezans ;
Les femmes, pour les voir, levaient un peu leurs voiles ;
Et le front couronné des plus braves époux
Se sentait agité de maint soupçon jaloux !
Un grand levrier noir de la plus belle race
De leurs bruyans plaisirs était le compagnon :
Il se nommait Zerbi : jamais plus fin mignon
Ne mérita si peu la plus courte disgrâce.
Aussi, comme ils l'aimaient ! comme leur main, toujours,
Savait lui prodiguer d'enivrantes caresses !
Il était plus heureux que ces fières maîtresses
Dont nos galans seigneurs trafiquent, tous les jours...
Et lorsque, pour l'honneur, pour la foi musulmane,
Ses maîtres au combat suivirent Mohammet,
Non moins fidèle qu'eux aux lois de Mahomet,
Pour chasser les Chrétiens, il quitta sa sultane.
Tous trois combattaient donc, et, long-temps, leur valeur
Frappa d'étonnement les héros de la France ;
Mais un boulet mit fin à leur triple existence,
Et Mohammet lui-même a pleuré leur malheur...
Près d'eux, l'ardent Yusuf, bouillant foudre de guerre,
Fauchait les Marocains, avec son cimeterre.

Là, brillèrent encor Vidal, Justrac, Joly.
Qui pouvait résister à ces foudres de guerre ?
Maurice, Lallemand, de Magny, de la Chère,
Se couvrirent de gloire ; — Et toi, Philippe, aussi ! —
A la mort trop avare arrachant mainte proie,
Grâce à son art divin, Philippe, des blessés
Réchauffait, ravivait les cœurs déjà glacés :
Esculape fit moins, au long siége de Troie.
On dit que les hussards, les chasseurs, les spahis,
Coupant des Marocains les croissans formidables,
Les fauchaient en passant dans leurs rangs redoutables,
Comme des moissonneurs dans un champ de maïs.
Le fils de l'Empereur, malgré sa garde-noire,
Vit tomber dans nos mains son fameux parasol ;
Et ses camps, qui couvraient l'immensité du sol,
Furent, pour les Français, les fruits de la victoire.
Oh ! quelle belle proie, et quel riche butin ! ! !
Gloire au héros qui fit cette déroute immense !
Tel des Impériaux brisant le mur d'airain,
Le maréchal Villars, sauvant enfin la France,
Chassa les ennemis qu'il vainquit à Denain...
Grand Dieu ! désespéré, sanglant, presque sans suite,
Mohammet, empruntant des ailes à la fuite,
Courut dans le désert, cacher son front hautain...
Avant que de partir, hélas ! pauvre victime !
Il avait poignardé la charmante Mira :

Il fuyait, redoutant le courroux de Zora ;
Et les démons vaincus rentrèrent dans l'abime.

Décrivant, dans les airs, un cercle audacieux,
Vers Tanger, cependant, s'avançait leur monarque :
Il gouvernait son vol comme un ange des cieux,
Mais de la foudre encor son front gardait la marque.
Sur la terre, bientôt Lucifer, s'abattit.
A peine touchait-il, du pied, le sol maudit,
Qu'il poussa fièrement un double cri de joie :
Ainsi, l'aigle affamé s'empare de sa proie !
Mais laissons , un instant, le prince de l'enfer.
Pendant que de Tanger il croit sauver la ville ,
Des foudres irrités que dirige Joinville ,
Sur les bords de l'Isly que fait Abd-el-Kader ?
Il voit des Marocains fuir l'innombrable armée !
Tandis que son ami, Sid-Mohammet fuyait ,
Si j'en crois certain bruit, Abd-el-Kader riait...
Il appelle Farruck ; et, lui montrant Zulmée ,
L'esclave au front si pur , aux grands yeux si doux ;
Femme qu'il adorait parce qu'elle était belle ;
Lalla-Zulmée , enfin , dont il était jaloux ,
Et que, dans sa fureur, il croyait infidèle :
— « Farruck , murmura-t-il, elle eut tout mon amour :
» N'est-ce pas , j'avais tort de chérir cette femme ?

» Elle a trahi son maître, et c'est pour un Giaour !
» Que les flots de l'Isly la dévorent, l'infâme ! ! ! »

L'inflexible bourreau, plein d'un sauvage espoir,
Farruck courut saisir l'affreux sac de cuir noir...
Quelques instans après, sa victime charmante
Le voyait brusquement pénétrer dans sa tente...
Le cruel ! la saisir, soudain, par les cheveux ;
La fouler sous ses pieds, sans pitié pour ses charmes ;
La traîner, l'insulter et rire de ses larmes ;
Ah ! ce fut un plaisir pour cet homme odieux !
Faible, sous le bras fort de son bourreau farouche,
Zulmée, avec des pleurs, deux fois voulut crier,
Et, deux fois, sous ses doigts fermant sa belle bouche,
L'ange de la pudeur l'empêcha de prier...
Déjà le noir Farruck, dans un transport de joie,
Au sein du sac fatal avait plongé sa proie ;
Déjà, son bras sanglant l'entraînait vers les flots...
Tout-à-coup, ô bonheur ! ! ! les rapides Zouaves,
Sur les bords de l'Isly montrèrent leurs drapeaux ;
Et le lâche Farruck s'enfuit devant ces braves.
— Zulmée, un beau Spahis, dit-on, fut ton sauveur. —
Pour lui prouver l'ardeur de sa reconnaissance,
Sans bruit, elle épousa le trop heureux vainqueur...
Ainsi, tout fut prospère aux héros de la France ;

Et, lançant au galop son rapide cheval,
Abd-el-Kader s'enfuit comme l'ange du mal.

LE PRINCE DE JOINVILLE.

Brave comme Jean-Bart , savant comme Tourville,
Jeune chef, jeune fils et frère de héros,
Ferdinand d'Orléans , le prince de Joinville
Avait brûlé Tanger ; il régnait sur les flots !
En face des Anglais dont la race maudite
Du trident de Neptune a volé la moitié ,
Il bravait l'Angleterre objet de sa pitié ;
Et, lançant son mépris aux jaloux du Warspite (1),

S'inquiétant fort peu des foudres de Windsor ,
Avec force , il criait : « Français, à Mogador ! »
C'était l'heure où , chantant à l'ombre des platanes ,
Pour la halte du soir campent les caravanes ;
Heure aimée où l'amour et les sœurs du sommeil
Détellent en riant les chevaux du Soleil.
Sur sa tête enfonçant la couronne d'épines
Que les Français venaient d'attacher à son front ,
Au milieu de ses fils honteux de son affront ,
La superbe Tanger pleurait sur ses ruines.
Satan , qui s'avançait aux pieds de ses remparts ,
Pleure aussi , quelque temps sur la cité qu'il aime :
Il détourne ses yeux de ces débris épars ,
Et sa bouche formule un horrible blasphème.
— « Objet de mon amour , ô ma fille, ô Tanger ,
Murmura Lucifer , en essuyant ses larmes,
» Si tu perdis du sang , il te reste des armes ;
» Sors de ton apathie et songe à te venger ! ! ! ...

Il dit : se dépouillant de ses brillantes ailes,
D'un chef de Marocains il prend l'air et le port :
Et , voilant les rayons de ses noires prunelles,
Il entre dans la ville, et fait taire la Mort.
Déjà , des forts détruits il franchit les murailles.
Sur l'affût d'un canon, un vieux chef expirant

Attendait, sans trembler, le char des funérailles;
Lucifer l'aperçoit sur son grabat sanglant ;
Il s'approche, il s'incline...O douleur trop amère !
Dans ce héros meurtri par le fer des Chrétiens,
De Zora , sur-le-champ, il reconnaît le père.
Ses deux bras , aussitôt, lui servent de soutiens ;
Il l'enlève , et sans peine, au pied d'un sycomore ,
Le prince des démons transporte le chef Maure ;
L'assied contre le tronc de l'arbre des déserts,
Puis, lançant à Joinville, un regard de travers ,
Et, prononçant tout bas des mots cabalistiques,
Comme faisaient d'Endor les sybilles antiques,
Du sang du musulman il étanche les flots...
Mieux que tous ces docteurs dont le scalpel nous frappe,
Satan connaît à fonds le grand art d'Esculape !
D'un baume composé dans les sombres caveaux,
Du guerrier marocain il couvre la blessure
Qu'afin de l'épurer son doigt puissant pressure.
Ensuite, se changeant en pieux Marabout,
Du vieux guerrier mourant il souffla sur la bouche,
Et le touchant, deux fois, du bout de sa babouche,
Lucifer lui cria : « — Debout, César ; debout !!! » —
On dit qu'au bruit perçant de la voix redoutable
Qui fait trembler l'enfer jusqu'en ses fondemens ,
Le guerrier se leva, plein de vie, indomptable,
Et prêt à commander ses braves Musulmans·

— « Cédar, dit Lucifer, dans cette vaste enceinte ,
» Rappelle tes guerriers armés pour le combat.
» Tu sais qu'un vrai Croyant jusqu'à la mort se bat ?
» Or, tandis que je vais prêcher la guerre Sainte ,
» Afin d'anéantir les vaisseaux des Giaours,
» Toi, secondant d'Allah les colères divines ,
» Au nom de Mahomet , du milieu des ruines,
» Toi, tu feras surgir et Tanger et ses tours.
» Hérisse de canons ces forts qui les protègent.
» Le gouverneur anglais , qui règne à Gibraltar,
» T'a promis de la poudre et des boulets?... Plus tard,
» Si les Chrétiens encore en ces lieux t'assiégent,
» Sache employer les bras des *vendus* d'Albion :
» Triomphe sur la brèche ou meurs comme un lion ! » —

A ces mots, sur Cédar plongeant un regard sombre,
Comme un astre tombé, Satan glissa dans l'ombre ;
Et, traçant un sillon avec ses ailes d'or,
Ce messager fatal courut à Mogador.
Cette ville au noir front qui se cache dans l'herbe
Comme un serpent blessé se blottit sous les fleurs,
Amis, c'était, alors, une reine superbe
Dont le plaisir, lui seul, faisait naître les pleurs.
Du fier Abderrhaman fille auguste et chérie,
Elle berçait, en paix, son amour filial ;

Sous la protection du sceptre impérial,
Le bonheur l'enivrait à sa coupe fleurie.
Dans son paisible orgueil, pouvait-elle songer
Qu'elle allait être en proie au démon de la guerre?
Elle, folle d'amour, si rieuse naguère,
Comment eût-elle craint l'affreux sort de Tanger?
Aussi, d'étonnement comme elle fut frappée,
Quand Satan, agitant sa flamboyante épée,
Laissa tomber sa voix du haut des minarets,
Et s'écria, deux fois : «—Les Français! les Français!!!» —
Interrompant, soudain, sa douce barcarolle,
Mogador se leva sur son divan moëlleux ;
Le jour, en ce moment, revenant radieux,
De la grande mosquée éclairait la coupole...
Satan la salua de son sourire amer :
Sous les traits d'un Anglais il entra dans la ville :
Il trouva la cité de stupeur immobile
Et tournant ses regards du côté de la mer.
O spectacle imposant! quelle scène imprévue!
Poussés par les zéphyrs, au sein de l'Océan,
Les vaisseaux de Joinville en défiant le vent,
Comme autant de grands rois s'offrirent à sa vue.
Ah! qu'on aime à les voir, ces beaux coursiers marins,
Sillonner en tous sens le vaste champ de l'onde,
Et, sous le cuivre ardent de leurs pieds souverains,
Fouler Neptune assis sur les débris d'un monde !

Pour regarder passer le *Triton*, le *Suffren*,
Dont les sujets d'Eole enflaient l'immense voile,
Amphitrite, dit-on, levant long-temps son voile,
Arrêta ses coursiers si rebelles au frein !
Noble, majestueux, le drapeau tricolore,
Effrayant les regards des vaillans Osmanlis,
Au souffle de l'Eurus déroulait ses longs plis :
Il brillait, dans les airs, comme un grand météore.
A la puissante voix de son brave amiral,
De Dupetit-Thouars l'ami noble et loyal,
Voyez-vous s'avancer l'escadre triomphante
Que l'Angleterre a craint et que l'Europe vante ?
Ses marins, ses soldats, fidèles à l'honneur
Que les fils des Gaulois ont toujours su défendre,
Ainsi que les héros immortels du *Vengeur*,
Ils se feraient couler, plutôt que de se rendre...
Pendant que leurs vaisseaux défiaient le condor
Qui vole, par troupeaux, sur le cap Bojador,
Les guerriers Marocains couraient gaîment aux armes.
Eh ! qui ne sait qu'au gré de leurs lâches penchans,
Le pillage, le vol, les combats de forbans,
Pour l'Africain rapace, ont toujours eu des charmes ?
Aussi, fallait-il voir les chefs de Mogador !
En comptant les canons qui protégeaient la ville,
Ils insultaient, de loin, le prince de Joinville.
   « Qu'il vienne ; il dormira dans un beau cercueil d'or ! »

Ainsi parlaient-ils, tous ; et leurs soldats farouches
Applaudissaient des mains, des cris et des babouches.
Chefs imprudens et fous ! Ils ne savaient donc pas
Que le drapeau français, sur l'Europe soumise
A flotté, même aux bords de la fière Tamise
Où Guillaume-le-Grand fit régner ses soldats ?
Satan les enivrait de son aveugle audace !
Mais, pour vaincre les fils des Francs et des Germains
Qui surent triompher du monde et des Romains,
Il faut d'autres boulets que ceux de la menace ! ! !
Voilà ce que pensait un seul des Marocains.
La valeur éclatait sur son mâle visage ;
Et vous l'eussiez, tous pris, pour un des Africains
Dont Scipion-le-Grand honora le courage.
Dans ses traits, cependant, une sombre douleur
Comme dans un miroir reflétait son empreinte ;
Ce n'était, à coup sûr, ni la peur, ni la crainte :
Dieu gravait, sur son front, le cachet du malheur.
Tel qu'un pin foudroyé, courbant sa haute taille,
Il fermait son oreille au signal des combats ;
Et, croisant ses deux bras sur un pan de muraille,
Il contemplait un nom qu'il murmurait tout bas,
— « O Mira, disait-il, objet de ma tendresse,
» Toi dont le bon Cédar m'avait gardé l'honneur,
» Epouse qui devais faire tout mon bonheur,
» Le fils d'Abderrhaman a flétri ta jeunesse !

» Il m'a félicité de mon heureux hymen...
» Pourquoi me jura-t-il une amitié sincère ?
» Quoi ! pour mieux assouvir son penchant adultère,
» Le traître ! il me trompait, en me serrant la main ?
» Le Ciel me vengera de tant de perfidie.
» Tombe cette cité sous les coups des Chrétiens !
» Que Mogador périsse avec tous ses soutiens ;
» Et qu'Allah, dans ses murs, promène l'incendie !... » —
Comme il disait ces mots en froissant son poignard,
Satan transfiguré s'offrit à son regard.

— « Quoi ! tu penches ton front comme une fleur flétrie ?
» N'es-tu plus, cria-t-il, la perle du Maroc ?
» Toi dont l'ardent courage est plus ferme qu'un roc,
» O Zora, peux-tu bien maudire ta patrie ?
» Les foudres des Chrétiens contre elle vont tonner ;
» Et toi qui des héros fus le vivant modèle,
» Toi que la Gloire a pris pour son gardien fidèle,
» Au plus lâche repos tu veux t'abandonner ?
» Qu'est devenu le temps où, comme un météore,
» Ta colère aux Giaours présageait des malheurs ?
» Tel qu'un Turc assoupi sur les bords du Bosphore,
» N'es-tu plus bon, déjà, qu'à te parer de fleurs ?
» Réveille-toi, Zora ; sors de ta léthargie,
» Et laisse boire aux Turcs leurs sorbets parfumés :

» A la honte leurs fronts sont trop accoutumés ;
» Ils ne rougissent plus qu'au souffle de l'orgie.
» Si l'empire ottoman a perdu sa splendeur,
» Si les Giaours, sur lui font planer la tempête,
» Ton âme doit avoir encor trop de grandeur
» Pour te faire, sous eux, Zora, courber la tête :
» Suis-moi donc, et, bientôt, tu recevras plus d'or
» Que n'en sauraient couvrir les ailes d'un condor :
» Viens ; ton nom, depuis Fez jusqu'aux montagnes bleues
» Recevra plus d'honneurs qu'un Visir à cinq queues.
» Je puis te revêtir du pouvoir des Imans
» Ou, te faire monter au trône des Sultans ;
» Ou, par le saint tombeau qu'on adore à la Mecque !
» Te faire, au moins, Pacha d'une province grecque...
» Songe que tes pareils sont plus grands que les monts ;
» Songe que le Coran doit régner sur la terre :
» Allons ; guerrier, debout ; tire ton cimeterre ! » —
Mais Zora répondit au prince des démons :

— « Vil Anglais , laisse-moi ; je n'aime plus la gloire ;
» Qu'un autre aille chercher son mirage trompeur :
» Je trouverais amers les fruits de la victoire,
» Car, la célébrité me fait, aujourd'hui, peur !...
» Pourquoi me parles-tu de l'Empire qui tombe ?
» Des choses d'ici-bas rien ne me touche plus.

» Pour retrouver Mira mes pleurs sont superflus...
» Laisse-moi donc rêver aux douceurs de la tombe !
» Mohammet a flétri la fleur de mes beaux jours :
» Je ne comprends plus rien, plus rien que la vengeance !
» Qui me rendra Mira que je pleure toujours ?...
» Oh ! comme le désert mon amour est immense ! » —
— « Tu ne m'as pas compris, reprit soudain Satan.
» Celui qui t'a ravi la femme qui t'adore,
» Apprends que ce n'est pas le fils de ton Sultan :
» C'est un giaour français ! » — A ces mots, le chef Maure
Rugit comme un lion blessé par un serpent :
Entre deux passions son cœur reste en suspend...
Mais, pointant les canons des forts et de la ville,
Il voulut foudroyer les vaisseaux de Joinville...

On dit qu'en ce moment l'émir Abd-el-Kader
Arrêtait son coursier, au pied d'un sycomore.
Otant de sa ceinture une large claymore,
Il s'assit, et son œil plongea dans le désert.
Alors, le désespoir s'empara de son âme :
Des larmes tout-à-coup brillèrent dans ses yeux...
— « Androclès, laisse-moi ; je suis trop malheureux ;
» Mon enfant, cria-t-il, fuis, Stamboul te réclame ;
» Retourne voir les fleurs de ton berceau natal :
» L'Esclavage nous suit dans ce désert fatal !

» Va retrouver, chez toi, la liberté chérie,
» Et le ciel ravissant de ta belle patrie.
» Gloire, fortune, amour, tout t'appelle, là-bas.
» Oh ! regarde, Androclès : d'ici, ne vois-tu pas
» Les palais enchantés de la reine des villes ?
» N'est-ce pas le sultan dont les sages vizirs
» Préviennent humblement jusqu'aux moindres désirs,
» Et qui, jusqu'à ses pieds courbent leurs fronts serviles ?
» Que d'arabesques d'or, que de charmans rubis
» Brillent sur leurs turbans, sur leurs riches habits !
» Vois-tu ces grands bazars où, pour quelques morisques,
» Tu pourras acheter de belles Odalisques ?
» La petite maison où tu reçus le jour ;
» Le bonheur qui t'attend dans les bras de l'amour ;
» Ta mère et ses baisers, ta sœur et ton vieux père ;
» Et ces jeunes beautés au front toujours riant
» Que vend la Géorgie aux harems d'Orient (3) ;
» Tout, là-bas, te promet le sort le plus prospère.
» Pars donc ! ! ! » — En étouffant un pénible soupir,
Le cœur plein d'amertume, ainsi parla l'Emir.
L'infidèle Androclès, sans regrets et sans honte,
Lança vers son pays son coursier fugitif ;
Et l'Emir, indigné d'une fuite si prompte,
En dévorant ses pleurs courba son front pensif...
— « Rois, ainsi vos flatteurs à leur gain vous immolent,
» Quand vient l'adversité les faux amis s'envolent ! » —

CHANT VI.

LE SIMOUN.

Le soleil, à cette heure, entré dans son zénith,
S'arrêtait au milieu de sa vaste carrière :
Il répandait gaîment ses gerbes de lumière
Aux pieds de Mogador au trône de granit.
L'Escadre, en ce moment, voguant à pleines voiles,
De Souerah bravement affrontait les canons ;
Et des rois de la mer scintillantes étoiles,
Aux grands mâts des vaisseaux flottaient les pavillons....

De ses flots l'Océan, retenant la jactance,
Semblait fier de porter les marins de la France,
Et le jeune Amiral que, sur son banc de quart,
On eût aisément pris pour Tourville ou Jean-Bart.
Le *Suffren* s'avançait plus puissant qu'un Satrape.
Puis, venait le *Triton* que, naguère, à Tanger,
Guida si vaillamment le savant Bellanger ;
Ensuite, Montagniès le Forbins du *Jemmape* ;
Maissin, Astié, Warnier, et l'intrépide Hernoux,
Et Bouet commandant le feu des canonnières,
Coup-vent-des-Bois, Noël et Martin-des-Pallières,
Blaize et Pottier, Pottier le plus brave de tous.
On voyait, après eux, Cauchard-de-Coffinières
Qui des vaisseaux français dirigeait les tonnerres…

— Vous étiez aussi là, redoutable Larrey ;
Vous, Toche que Tunis eût choisi pour son Bey ;
Et vous, heureureux Anger dont la valeur sans tache
Offrit deux fois la paix au pacha de Larrache !
La victoire devait couronner leurs efforts.
Semblables à trois tours, commandées par Joinville,
Les vaisseaux triomphans s'approchaient de la ville ;
Et contre eux, aussitôt, tonnèrent tous les forts.
Mais, malgré les fureurs des vents et de la houle,
A leur feu meurtrier répondit : « Le *Cassard*.

Bientôt, se soutenant, sans peur et sans retard,
Le *Rubis*, le *Pluton*, le *Var*, la *Belle-Poule*,
Lancèrent leurs boulets ; et, soudain, Mogador
Courba son front sanglant sous sa couronne d'or.
Le *Gassendi*, l'*Argus*, le *Pandour*, la *Vedette*,
Le *Véloce*, l'*Etna*, tous, monarques des eaux,
Suivirent, à l'envi, les traces des vaisseaux:
La vapeur leur prêtait sa puissance secrète.
Non loin d'eux combattait aussi le *Groënland*
Qui, plus tard... mais alors, sa superbe carène,
Sans songer que Neptune a le cruel trident,
S'avançait sur les flots comme eût fait une reine.
Sous leurs globes de fer pleuvant de toutes parts,
Souerah sent chanceler ses plus fermes remparts. . . .
Un de leurs vastes pans sur les fossés se penche ;
Il se détache ; il roule ainsi qu'une avalanche ;
Entraînant, dans son cours, les vivans et les morts,
Il fait surgir la peur dans Mogador qui tombe ;
Et de la ville en deuil trahissant les efforts,
A ses fiers défenseurs il sert, hélas ! de tombe !

En ce moment, Omar, rénégat Espagnol,
Cet Omar-el-Alger qui de l'artillerie
Dirigeait les efforts dans Souerah-la-Jolie,
Semblable à l'aigle atteint au milieu de son vol

Omar tomba frappé d'un éclat de mitraille,
Et son corps fut broyé par le pan de muraille....
Dès-lors, Souerah vit choir son sceptre Impérial.
Cependant, des Français l'intrépide amiral,
Tel que les autres chefs, se jouait des entraves :
D'un regard calme et sûr, le porte-voix en main,
Le prince de Joinville encourageait ses braves
A qui son doigt montrait un glorieux chemin.
Il a vu Mogador et sa lave enflammée :
Il appelle Larrey, l'Achille de l'armée.
— Colonel, cria-t-il, portons les derniers coups !
« Tandis que la terreur se répand dans la ville,
» Prenez cinq cents soldats aussi braves que vous,
» Et courez avec eux vous emparer de l'Ile ! » —

Quelques instans après, malgré les Marocains,
Les Français débarquaient sur les bords Africains....
Zora, qui de la ville allait fermer les portes,
Avait confié l'Ile à de nobles soutiens,
Zora ne savait pas que ses braves cohortes
Reculaient pas à pas, sous les coups des Chrétiens.
Contre le dieu des forts que pouvait leur Prophète ?
Sur le triangle aigu de cette baïonnette
Que, dans les mains des Francs, rien ne peut arrêter,
Malgré leur riche armure et leurs chevaux numides,

Tels que les Mamelucks aux pieds des Pyramides ,
Avec des cris de rage ils venaieut se briser....
Ils tombaient pêle-mêle : on eût dit le tonnerre.
Il me semble les voir ! Pour obéir à Dieu,
On dit qu'en souriant, le démon de la guerre
Couvrait les Musulmans de ses ailes de feu.
En voyant de Zora la vengeance guerrière ,
Il souffla, dans son sein, sa fureur meurtrière :
Alors, s'abandonnant à d'aveugles transports,
Ce chef escalada des montagnes de morts...
En pleurant de colère, il brandissait ses armes ;
Menaçait les Chrétiens qui riaient de ses larmes,
Ou, calmant de son cœur les bonds impétueux,
D'un regard suppliant il implorait les cieux.
Osait-il à son aide appeler le tonnerre ?
L'insensé ! Mahomet fut sourd à sa prière :
A Dieu seul appartient de retenir la Mort
Ou bien, de l'envoyer faucher le champ des hommes :
Lorsqu'il a fait pencher la balance du sort,
Hélas ! tout doit mourir, manans ou gentilshommes ! ! !
C'est pourquoi les Français brisaient les Musulmans.

Zora de ses guerriers entend les hurlemens :
Il accourt, voit leur fuite, et dans sa fureur folle,
Pour mieux les arrêter son glaive les immole.

— « Lâches ! s'écriait-il, où voulez-vous courir ?
» Lorsqu'on ne sait pas vivre, on doit savoir mourir ! ! ! » —
Tandis que ses soldats, sous son lourd cimeterre,
De leur chûte bruyante épouvantaient la terre,
Sur les pas de Larrey les Français s'élançant,
Pénétrèrent dans l'île, avec des flots de sang...
Là, jalouse et, bornant sa course triomphale,
La mort brisa Pottier transpercé d'une balle.
— « Chauchard, n'est-ce pas toi qui reçus ses adieux ?
» Toi, son meilleur ami, tu lui fermas les yeux ;
» Et pendant qu'expirait ton vaillant frère d'armes,
» Comme toi, tes soldats répandirent des larmes ! » —
Dans ce jour glorieux, tombèrent, à la fois,
Duquesne et Bellanger, deux savans capitaines :
Des Pallières aussi, Blaize et Coupvent-des-Bois
Sentirent, tour-à-tour, les balles africaines.
— « Mais, ce fut toi, surtout, que l'armée admira,
» Infortuné Noël, fils de tant d'espérance :
» Toi qu'un affreux boulet, hélas, défigura,
» Pendant que ton grand cœur combattait pour la France !
» Console-toi, Noël ; on est cent fois plus beau,
» Lorsque l'on a versé son sang pour la patrie.
» La lâcheté, chez nous, se voit seule flétrie,
» Tandis qu'au Panthéon le brave a son tombeau ! ! ! »

Bouillant comme Condé, prudent comme Turenne,
Debout sur son vaisseau le vicomte Duquesne
Se distingua, dit-on, par de nombreux efforts.
Clavaud, Daret, Cléry, Galier, Degénès, Pierre,
Au feu de l'ennemi, par vingt coups de tonnerre
Répondirent si bien qu'ils brisèrent les forts.
Séid se distinguait parmi les guerriers Maures ;
Le plus fidèle ami du malheureux Zora,
Autrefois, sous sa tente, aux pieds des sycomores,
Il avait, près de lui, dormi dans le Sahra.
Depuis, ces deux héros étaient devenus frères;
Ensemble, ils supportaient les caprices du sort :
Dans la prospérité, dans les destins contraires,
Ils partagèrent tout. L'impitoyable mort
Devait les séparer, dans ce jour trop funeste :
Tandis que, de ses preux encourageant le reste,
De ses guerriers Zora court rallier les flots,
Séid aux premiers rangs, recule en vrai héros :
Comme il étancherait la soif qui le dévore,
Si les Giaours français succombaient sous ses coups !
Ah ! comme il foulerait ce drapeau tricolore
Devant qui tant de rois tombèrent à genoux ! ! !
Il frappe, et chaque fois, sa main vaillante et sûre
Fait à ses ennemis une large blessure.
Mais aux vainqueurs du monde il fallut bien céder !
Entouré d'ennemis et prêt à succomber,

Séid perdait son sang. Alors un cheick farouche
Vers lui se précipite et, semant le trépas,
La vengeance à la main, la menace à la bouche,
Par mille coups heureux triomphe à chaque pas...
C'est Zora. Gloire à lui ! ! ! C'est courage et sagesse
Que d'aider ses amis, quand le danger les presse :
On ne ressemble pas à ce lâche menteur
Qui vous ouvre sa porte et vous ferme son cœur !..

— « Amitié du soldat, toi seule n'es point fausse :
» Toi qui brilles parmi les nobles passions,
» De la Bourse tu hais les fluctuations,
» Car tu ne peux souffrir la baisse ni la hausse !» —
Cependant, en dépit des efforts de Zora,
Séid, percé de coups, le remercie et tombe...
Couché dans son drapeau qui doit être sa tombe,
Il murmure le nom de sa sœur, de Mira...
Puis, frappant Mohammet d'un trop juste anathème,
Il soulève ses yeux qu'il entr'ouvre à demi ;
En lui serrant la main, il dit à son ami :
— « Punis le ravisseur de la femme qui t'aime !...
» Mohammet n'est qu'un traître... il te brave ! » A ces mots,
En regardant le ciel, expira le héros.
Mais, Satan, tout-à-coup s'empara de son âme,
Et l'on croit qu'ayant pris la forme d'une flamme,

Il entr'ouvrit le sol et courut, dans les fers,
Porter sa riche proie aux monstres des Enfers...
Que fit Zora ? Farouche, immobile, en silence,
Longtemps, autour de lui tournant des yeux hagards,
Tel qu'un homme perdu dans un désert immense,
Dans le vide et sans but il plongea ses regards.
Oui, l'amer désespoir gonflait seul sa narine !
Comme un cèdre frappé des haches du Liban,
Tout son corps frémissait sous son large turban,
Et son grand cœur battait à rompre sa poitrine.
Tout-à-coup, devant lui se présente un guerrier ;
Des routiers de Wilson il porte l'uniforme (1) :
Venu de Gibraltar on eût dit un geôlier.
Son regard était faux et sa taille difforme.
Scott est son nom. C'était un de ces espions,
Missionnaires sans foi que l'avide Angleterre
Lâche, comme John-Bull ; qui ne rampent sur terre,
Qu'afin d'aiguiser mieux leurs dards de scorpions...
Zora baissa les yeux sur ce dogue sauvage,
Puis, il les détourna, deux fois, avec dégoût :
Mais l'enfant d'Albion, polisman de Plymouth,
Lui présenta, deux fois, son perfide message.
Alors, vous eussiez vu rougir le Musulman !
Par la bride il tenait son coursier hennissant,
Et, dardant sur l'Anglais de longs regards de flamme,
Où venait de passer le mépris de son âme,

Zora leva le pied sur le Saxon rampant...
Ainsi, quand, sous les fleurs qui lui servent d'asile,
Le voyageur surpris aperçoit un reptile,
Il voudrait écraser la tête du serpent !
Le Maure allait frapper, quand, du sein de la ville,
Un grand cri s'éleva répété par les cieux...
Quel tableau ! Les remparts, foudroyés par Joinville,
Laissaient voir les maisons croulant sous mille feux.
Des Kabyles errans une tribu sauvage
Venait de s'emparer de la belle Souerah :
Ils y faisaient régner le meurtre et le pillage.
A cet aspect affreux, Zora, dit-on, pleura ;
Et comme les Chrétiens admirant son courage,
S'avançaient, à l'envi, pour le prendre vivant,
Ce guerrier, s'élançant sur son coursier sauvage,
Du côté du désert partit comme le vent.

Non loin de Mogador est une vaste plaine
Que le Simoun laboure avec ses tourbillons :
Là, des sables mouvans, au gré des aquilons,
Ressemblent à la mer que Neptune déchaîne.
Le vent soulève-t-il ce nouvel océan ;
On voit partout rouler des montagnes de sable :
Malheur, alors, malheur ! Jamais, impunément,
L'Arabe n'a bravé leur fureur redoutable...

Cependant, quand Zora lança son noir coursier,
De sable s'abattaient les trombes si fatales :
L'impétueux Simoun, qui soufflait par rafales,
Menaçait d'engloutir l'impétueux guerrier.
Qu'importe ! il ne voyait que l'ardente vengeance
Qui, de loin, lui montrait le cœur de Mohammet...
Frapper le ravisseur au sein de sa puissance,
C'était l'unique espoir du fils de Mahomet.
Aussi, comme il pressait son beau coursier numide !
Oh ! comme il s'éloignait des murs de Mogador !
De loin, chacun l'eût pris pour un nerveux condor,
Tant il volait, et tant sa course était rapide.
Déjà, ses yeux perçans voyaient, dans le lointain ,
Le fils d'Abderrhaman, qui fuyait dans la plaine ;
Et comme il le couvrait d'un regard plein de haine,
Il croyait le frapper d'un châtiment certain...
Mais, soudain, sous le vent le sable tourbillonne ;
Le sol et tremble et s'ouvre...Hélas ! pauvre Zora !
Courbé sur le coursier que sa main aiguillonne,
Il meurt, en murmurant le doux nom de Mira !
Dans le sable embrasé qui formait une trombe,
L'imprudent ! il avait disparu sans retour,
Et, quand le vent, plus tard, découvrira sa tombe,
Son corps sera broyé par le bec du vautour....
Mohammet le pleura. L'on dit qu'à chaque fête,
Le prince sent son front ridé par la douleur :

Un secret désespoir courbe souvent sa tête ;
Tel, le ver meurtrier fait incliner la fleur ;
Tel encor, Dieu merci ! sous la pourpre et la soie,
L'inflexible remords sait tourmenter sa proie.
— « Abd-el-Kader, à quoi sert donc ton nom puissant ?
» A croire les sermens de ta nymphe Egérie ,
» Tu devais nous chasser de toute l'Algérie;
» Et tu n'as pu sauver l'empire du Croissant ! » —
Ainsi, l'Emir a vu détruire le prestige
Qui l'entoura, si bien, quand son étoile a lui :
Oui, même pour les siens, il n'est plus, aujourd'hui,
Ni l'envoyé de Dieu, ni l'enfant du prodige.
Qu'il regarde l'Isly, Mogador et Tanger,
Nouveau nœud gordien que dénoua le glaive....
Le Destin a voulu réaliser son rêve ;
Mais de Zora, du moins, il a pu se venger.

Si j'en crois les récits d'un voyageur crédule,
Quand l'ange de la nuit chasse le crépuscule,
On entend le galop incessant d'un cheval :
Du malheureux Zora c'est le fantôme horrible.
En secouant des fers il traverse le Val;
Et le pâtre, tremblant à cet aspect terrible,
Se couche sur le sol, en invoquant son Dieu,
Car le fantôme passe en lui criant : « Adieu ! »

Aux rayons du soleil la nuit fait-elle place ;
Zora rentre, en courroux, dans son tombeau mouvant ;
Et, sur le sable, alors, qu'amoncelle le vent,
Nul ne saurait trouver ni son corps, ni sa trace.
Hélas ! depuis sa mort, Cédar, Cédar est fou ! ! !
Pour la première fois, fidèle aux lois sévères
Que le Coran prescrit aux Musulmans sincères,
Zora ne boira plus les doux vins de Corfou...
Du moins, il ne vit pas dans Mogador conquise
Par l'amiral français qu'il a tant détesté :
Mais, en dépit des lords de la fière Tamise,
Souerah conduit Joinville à l'immortalité.
Joinville a relevé la France dans sa gloire,
La France qui dormait du sommeil du lion :
Il a fait reculer les vaisseaux d'Albion ! ! !—

Ici, le Polonais termina son histoire.
Dans sa couche de pourpre, ô spectacle imposant !
Le soleil se plongeait, déposant sa couronne
Près de son sceptre d'or. Alors, d'un pas pesant,
Le conteur descendit du haut de la Colonne.
Dans son regard brillait un éclair de fierté :
Il murmura, deux fois, le nom de Varsovie,
Et, dans son cœur, encor, rêvant la liberté,
Ce vieux brave chanta sa nouvelle patrie.

Ah ! gloire aux Polonais ! Mais vous, nouveaux Strélitz (2),
Vous, Cosaques des mers, vous qui, jaloux d'Arcole,
Nous accusez, tout bas, d'être un peuple frivole,
Ne revoyez-vous pas le soleil d'Austerlitz ?
La France aura, toujours, des héros homériques :
Son nom, comme autrefois, est toujours redouté :
A l'égal du Caucase et des deux Amériques,
Son sein sent tressaillir son fruit, la liberté...
En vain, vont s'éclipser la Turquie et l'Espagne,
Deux colosses dorés qui tombent en lambeaux ;
Nous ne troublerons pas la paix de leurs tombeaux,
Car nous sommes plus grands qu'au temps de Charlemagne.
Quel géant égala jamais Napoléon ?
Oh ! que dans son honneur la France soit frappée ;
Pour punir les routiers du Rhin ou d'Albion,
Vous la verrez soudain, reprendre son épée !
Son souffle impétueux est comme le mistral.
— « France ! souviens-toi bien que tu dois vivre en reine :
» Relève, avec orgueil, ton sceptre pastoral ;
» C'est à toi de guider la caravane humaine ! ! ! » —

Les Grecs et les Romains ont-ils un plus grand nom ?
On nous raille ! Eh ! quel peuple a fait plus de merveilles ?
Si l'Empire expira, dans son manteau d'abeilles,
La France est-elle morte avec Napoléon ?

6

Elle peut bien encor commander à la terre
Qu'elle enchaîna, vingt ans, à son char tiomphal :
Les fils des conquérans de la vieille Angleterre,
Pour voler au combat, n'attendent qu'un signal....
Non, la honte et la peur ne sont pas nos oracles !
Le soleil de la France éblouira les yeux :
C'est ici que la Gloire enfanta des miracles ;
Et nous serons toujours ce qu'étaient nos aïeux.

— « Fiers guerriers dont Colomb a doté notre monde,
» Saluez donc la Paix conquise à Mogador :
» Désaltérez vos cœurs à son urne féconde,
» Et dansez avec nous, sous son arbre aux fruits d'or :
» Américains heureux de votre indépendance,
» Suivez, suivez toujours un glorieux chemin ;
» Qu'en dépit d'Albion, l'Amérique et la France
» Marchent, comme deux sœurs, en se donnant la main ! —
» — Et vous dont les aïeux conduits par Charlemagne,
» Se sont fait un renom plus grand qu'une montagne,
» Descendans des vainqueurs du fameux Witikin,
» Levez-vous ! levez-vous ! ! ! on vous railla naguère ?...
» A cheval ! vengez-vous, par un coup de tonnerre :
» La Gloire vous attend dans les vieux champs d'Hasting ! ! ! »

BALLADE.

LE JOLI PAGE,

Ballade Normande.

Dans le manoir de Tancarville,
Jadis, vivait un vieux baron :
Rival des sires de Graville,
C'était un preux de grand renom !
Nul chevalier de la Croisade
Ne buvait mieux une rasade,
Et, pour porter une estocade,
On dit qu'il était sans égal.
Heureux en amour comme en guerre,
Pour femme il avait pris, naguère,
Beauté comme on n'en voyait guère,
Au temps du règne féodal.

Aussi, ses voisins, pleins d'envie,
Le regardaient-ils, en courroux ;
Mais, fort, dans sa châtellenie,
Il bravait leurs complots jaloux !
Fier de ses droits de vasselage,
Ce châtelain de haut parage
Possédait un beau petit page
Que l'on appelait Lorenzo :
Si j'en crois maintes damoiselles,
Il était plus babillard qu'elles ;
Et si ce page eût eu des ailes,
On l'aurait pris pour un oiseau....

Par la couronne de la Vierge !
Ce gentil jouvencel, un soir,
Fut trouvé couché, près d'un cierge,
Dans la chapelle du manoir.
Et, prenant en pitié sa peine,
Sous son égide souveraine,
La généreuse châtelaine
Plaça le pauvre enfant-trouvé....
Béni soit sa noble devise ;
Car, semblable à la jeune Ephise,
Qui du Nil arracha Moïse,
Ne l'avait-elle pas sauvé ?

Sous les yeux de sa protectrice,
L'enfant grandit : mais, à quinze ans,
C'était le plus charmant novice
Qu'Amour eût dressé de longtemps !
La noble dame en fit son page ;
Et, celui-ci, timide et sage,
Pour elle portait maint message,
De concert avec Florézo ,
Son grand lévrier de Norwège,
Dont la robe effaçait la neige,
Et qui ne connaissait de piège
Que les baisers de Lorenzo....

Souvent, dans ses rèves étranges ,
Cherchant un nom qui le fuyait ,
Il voyait au milieu des anges
Une femme qui l'appelait...
Si, parfois, une larme amère
Tremblait, aux cils de sa paupière ,
Ah ! c'est qu'il pensait à sa mère
Dont le souvenir trop fatal
Faisait frissonner tout son être...
Sa mère qu'il voyait , peut-être ,
Et qu'il ne pouvait reconnaître,
Malgré son amour filial !!!

De Roland et de Charlemagne
Nul ne savait mieux les exploits
Qu'un gai troubadour d'Allemagne
Lui raconta souvente fois !
Aussi, de la chevalerie ,
Lorsque , dans la châtellenie ,
Il contait l'histoire fleurie ,
Qui ne l'écoutait, fort content ?
Surtout lorsque d'une voix fière,
Il célébrait, comme un trouvère,
La conquête de l'Angleterre,
Par Guillaume-le-Conquérant !

Son maître, ami de la vaillance,
Donnait-il quelque grand tournoi
Où se rompait plus d'une lance,
Au nom de monseigneur le roi ?
Paré des couleurs de sa mie,
Charmant les preux de Normandie,
Lorenzo, d'une main hardie,
Domptait les plus fiers destriers :
Les yeux pétillans de malice,
Caracolait-il dans la lice ;
Jamais, sous le regard d'Alice,
Il ne vida ses étriers !

Et lorsque assis, dans la grand'salle,
Baronnets, comtes, paladins,
Vidaient la coupe colossale
Qu'on remplissait des plus doux vins,
Chacun flattait l'enfant aimable ;
Car, rien n'était plus agréable
Que ce page servant à table,
Avec sa toque de velours
Où brillaient des plumes flottantes :
Son pourpoint à manches pendantes
Rehaussait ses grâces naissantes...
On eût dit l'ange des amours.

Qui chantait les *lais* de Provence,
Au dessert du gai châtelain ?
Ménestrel, en mainte occurence,
C'était le page à l'œil malin !
Pour chasser, avec sa compagne,
Son maître était-il en campagne ;
On voyait leur faucon d'Espagne
Sur le poing du beau Jouvencel :
Et quand sa dévote maîtresse,
Du chapelain plein de vitesse
Allait ouïr la courte messe,
Il portait son riche missel.

Mais, sur sa figure jolie,
S'imprégnait souvent la douleur :
Dans ses traits, la mélancolie
Gravait l'histoire de son cœur. . . .
De Tancarville le vieux sire
Riait-il aux traits de satire
Que lançait son bouffon Biendire,
Chargé de grotesques couleurs ?. .
Ah ! de tristesse l'âme pleine,
Effeuillant une marjolaine,
Lorenzo, sur la châtelaine,
Fixait des yeux mouillés de pleurs !

Un jour que de la noble dame
S'emporta l'ardent palefroi,
Pâle, et la mort, déjà, dans l'âme,
Elle poussait des cris d'effroi. . . .
Tourmenté par un maléfice,
L'alezan, vers un précipice,
Entraînait la gentille Alice. . . .
Quand le beau page, par hasard,
Rêvant sur les bords de l'abîme,
Avec un courage sublime,
Frappa le coursier, sa victime,
Et l'arrêta sous son poignard !

Depuis ce temps, sa courtoisie
Plut à la reine du château ;
Et l'on dit que la Jalousie
Prit le baron sous son manteau....
Mais, honni soit qui mal y pense !
Car, pour unique récompense,
Le page n'eut que l'espérance....
Et le trop fortuné ruban
Qui, dans les tresses de la belle,
Brillait comme une fleur nouvelle
Que le Zéphire de son aile
Aime à caresser, en passant.

Or, dans les bois, dans les prairies,
On ne vit plus que Lorenzo
Qui promenait ses rêveries,
Sans songer même à Florézo
Dont le regard plein de finesse
Le contemplait, avec tristesse,
Lui demandant une caresse
Comme il en donnait, autrefois :
Heureux, quand faisant quelque trêve
Aux distractions de son rêve,
Le page, avec une voix brève,
L'effleurait du bout de ses doigts !

» Pauvre enfant ! ! ! quel mal te consume ?
» Ta beauté va s'évanouir ;
» Ton cœur flotte comme la plume
» Que fait tournoyer un zéphyr !
» Rouvrant, toi-même, ta blessure,
» Dans ta prière, autrefois pure,
» Ta bouche distraite murmure
» Un nom que tu dois oublier...
» Car, au court banquet de la vie,
» L'illusion la plus jolie,
» Dans sa coupe douce et fleurie
» Cache, hélas ! un déboire amer ! »

Si, dans les bois ou dans la plaine,
Il rêvait sombre et soucieux,
C'est que, sur lui, la châtelaine
Avait arrêté ses beaux yeux...
Et, sans presque rien y comprendre,
A leur douceur pudique et tendre,
Le pauvret avait laissé prendre
Et ses désirs et tout son cœur !
Ainsi l'oiseau léger admire
Le miroir, au magique empire,
Dont l'éclat perfide l'attire
Dans les filets de l'oiseleur.

Un matin, son seigneur et maître
Faisait bondir son destrier :
Alice était à sa fenêtre,
Saluant le vieux chevalier.

Une heure après, les cors de chasse
Mettaient les limiers sur la trace
D'un cerf qui dévorait l'espace...
Un trait atteignit Lorenzo...
Alice, un jour, pleura son page
Et n'y pensa pas davantage ;
Mais, sur sa tombe de village,
De douleur mourut Florézo !

Henry JACOB.

10 décembre 1844.

NOTES DU SONGE D'ABD-EL-KADER.

Chant Ier.

. . . . Les vaisseaux du désert (1), page 6.

Telle est la poétique dénomination donnée, par les Arabes , au chameau.

. . . . La superbe Djésair (2), page 6.

Alger.

Tels que le roi Richard , etc. (3), page 7.

En Palestine, dit l'histoire , Richard-Cœur-de-Lion ne rentrait , le soir, à son camp qu'avec dix, vingt , trente têtes de Sarrazins , suspendues au poitrail de son grand cheval fauve de Chypre.

. . . . L'harmonieux Coldor, page 12.

Fauvette d'Afrique.

De Jean roi d'Yvetot par la grâce de Dieu (1), page 19.

Après de longues et difficiles recherches, l'auteur espère publier, bientôt, la curieuse histoire des fameux rois d'Yvetot.

Chant II.

. . . . A l'ombre du Tuba (1), page 23.

Selon les Orientaux , cet arbre est si vaste qu'un cheval , au galop , met plus de cent ans à sortir de son ombrage.

Chant III.

.... De son humble Guetna (1), page 36.

Réunion de tentes arabes.

Au sein d'une caïque..... (2), page 38.

Grande nacelle turque.

Car l'ange Isfendiar, etc. (3), page 39.

Ange gardien de la vertu des femmes, suivant les Orientaux.

Chant V.

.... Aux jaloux du Warspite (1), page 57.

On sait que le fou chapelain de cette frégate anglaise publia, dans le *Times*, d'indignes calomnies, contre les braves marins de Tanger et de Mogador.

Que vend la Géorgie aux harems d'Orient (2), page 67.

Les Géorgiennes ont toujours passé pour les plus belles femmes du monde.

Chant VI.

Des routiers de Wilson, etc. (1), page 75.

On se souvient que Wilson était le gouverneur de Gibraltar, pendant le bombardement de Tanger et pendant la prise de Mogador.

Et vous, nouveaux Strélitz (2), page 81.

Espèce de Janissaires russes.

9 782019 274115